FOLIO
JUNIOR

Viviane Moore
Stéphane Berland

Le maître
de l'arc

GALLIMARD JEUNESSE

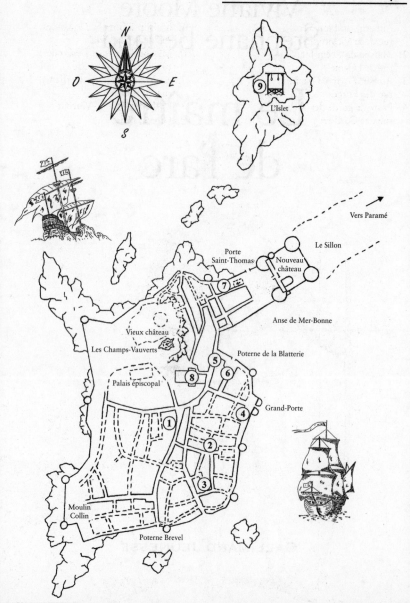

Saint–Malo au temps

L'Islet

9

N
O E
S

Vers Paramé

Le Sillon

Porte
Saint-Thomas

Nouveau
château

7

Anse de Mer-Bonne

Vieux château

Poterne de la Blatterie

Les Champs-Vauverts

5

Palais épiscopal

8

6

Grand-Porte

4

1

2

3

Moulin
Collin

Poterne Brevel

du maître de l'arc

1. Auberge du Lion Vert,
   rue de la Vicairerie
2. Maison de Colin Jago,
   rue de l'Orme
3. Atelier d'Armel Gandon,
   rue des Forges
4. Poste de garde des archers,
   rue des Cordiers
5. Maison d'Étienne Deslandes,
   rue de la Blatterie
6. Maison d'Étienne Deslandes,
   rue de la Poissonnerie
7. Maison de Jacques Cartier,
   rue du Buhen
8. Cathédrale Saint-Vincent
9. Gibets, l'Islet

À Christiane

Prologue

Était-ce la pleine lune, l'approche des marées d'équinoxe ou le vent qui gémissait dans les rues de Saint-Malo ? Les chiens du guet avaient hurlé toute la nuit et le sommeil de Josselin avait été peuplé de cauchemars. Le jour pointait à peine qu'il était déjà habillé et descendait jusqu'à la salle basse de l'auberge. Elle était déserte et dans la rue, des gens se hâtaient, parlant et riant tout à la fois.

Josselin était un garçon curieux, toujours à vouloir comprendre le pourquoi et le comment des choses. Il savait que c'était la fête du Papeguay, mais n'avait jamais eu le droit d'y aller. On ne lui avait donné aucune raison, juste qu'il était trop jeune et que ce n'était pas pour lui.

Pour la première fois, il avait envie de désobéir, de se risquer seul dehors, ce qu'on lui interdisait.

– Tu es trop fragile, lui répétait sa mère, Mathilde Trehel. Le monde est si dangereux, si cruel. Tu n'es pas prêt. Je t'en prie, ne sors jamais sans moi ou ton père, cela me tuerait.

Pourtant, cette fois, il n'hésita pas. Il attrapa un

morceau de pain dans une corbeille, ouvrit la porte et fila le long des rues jusqu'aux Champs-Vauverts, une prairie où flottaient des oriflammes. L'appel des cors et des roulements de tambour annonçaient déjà l'arrivée du cortège mené par le vicaire, le connétable et le capitaine de la ville. Devant eux, battait l'étendard de Saint-Malo, un dogue rouge sur fond d'argent. Josselin courut à perdre haleine et se glissa entre les jambes des badauds pour gagner le premier rang.

Les notables prirent place sur des estrades. Il s'assit en tailleur devant avec d'autres gamins. Tout ce qu'il voyait lui semblait net, brillant, les couleurs plus vives. Il respira profondément, trouvant même à l'air un parfum puissant, quasi épicé, qui lui tournait la tête.

Il était libre.

Devant lui se dressait un mât retenu par des haubans. Tout en haut était fixé un oiseau de bois vert vif aux ailes déployées, les pattes et le bec rouges : le Papeguay.

Des archers se regroupaient sur l'esplanade. Il n'en avait jamais vu autant.

Son cœur cognait si fort qu'il lui semblait qu'il allait sortir de sa poitrine. Il entendit à peine la bénédiction du vicaire, les mots du connétable et la sonnerie des cors annonçant le début du tournoi. Il oublia même de manger son pain qu'un chien errant lui arracha.

Le torse protégé par un justaucorps de cuir, un bonnet de velours sur ses cheveux bruns, le premier archer s'avança au pied du mât. Son arc était aussi grand que lui, ses flèches glissées à sa ceinture. Un demi-gant de cuir couvrait sa main et un brassard protégeait son avant-bras. C'est d'un geste vif qu'il saisit la première flèche. Il banda son arc, puis le leva. Le trait partit droit vers le ciel… passant à quelques pouces de l'oiseau de bois. Ensuite, les uns après les autres, les archers se présentèrent mais aucun ne réussit à faire tomber la cible.

Le soleil était déjà haut dans le ciel et Josselin avait les larmes aux yeux à force de fixer le Papeguay, quand un nouveau concurrent s'avança, lançant le même cri que les autres :

— Salut à vous, archers !

Le jeune garçon sentit que celui-là allait réussir. Il y avait dans son attitude quelque chose de plus calme, presque d'indifférent. La souplesse de ses gestes, la façon dont il saisit sa flèche. Il y eut un bruit sec au moment où il lâcha la corde. Josselin réalisa qu'il était si tendu que ses muscles en étaient douloureux.

Pendant un instant, le trait se confondit avec le soleil puis il se planta dans la tête de l'oiseau qui bascula et se brisa en tombant. La foule se déchaîna. Il y eut des applaudissements, des rires, des exclamations.

— Vive le roi ! Vive le roi ! hurlaient les gens.

— Y portera ce titre jusqu'au prochain Papeguay et y paiera point d'impôts. Et puis on lui donnera des tonneaux de vin, lui expliqua un de ses voisins, un gamin de son âge au visage couvert de taches de rousseur.

Josselin l'écouta à peine. Il n'avait d'yeux que pour le Roi du Papeguay. Celui-ci s'était incliné devant les notables avant de s'approcher du vicaire. Un moine glissa à son col un collier avec une lourde médaille d'argent. Il revêtit la tunique rouge aux armes de la ville et ses compagnons le portèrent en triomphe. Le jeune garçon se mit debout pour le suivre des yeux le plus longtemps possible.

De ce jour, à cause de cette flèche dont il lui semblait entendre encore le sifflement, Josselin décida de devenir archer.

1

Deux mois avaient passé depuis le Papeguay et la terrible colère de Jehan, le père de Josselin. Colère qu'il soit sorti sans sa permission, et surtout qu'il veuille devenir archer.

– Jamais tu ne seras archer ! Tu entends ? Jamais !

La voix cinglante, le regard furieux avaient rendu le jeune garçon muet.

– Pourquoi crois-tu que nous travaillons tant, ta mère et moi ? Pour que tu sois aubergiste un jour, comme nous.

Comme en écho à l'exaspération de son mari, Mathilde s'était détournée, en larmes.

– Vois dans quel état tu mets ta mère ! avait ajouté Jehan. Et puis, regarde-toi ! Tu es bien trop petit et fluet pour manier un arc !

Josselin s'était réfugié dans sa chambre, étouffant ses pleurs dans son oreiller. Incapable de comprendre la réaction de ses parents. Furieux et découragé à la fois.

Et puis, un matin, un étranger arriva.

La campagne aux Terres Neuves s'achevait, les navires revenaient vers Saint-Malo, les cales chargées de morues. L'auberge du Lion Vert était silencieuse. Les clients avaient rejoint le port car, à l'horizon, se profilaient les premières voiles.

– Y a quelqu'un ?

Perdu dans ses pensées, Josselin sursauta, manquant renverser son bol de soupe. L'inconnu se tenait sur le seuil, grand et mince, les épaules larges, le cheveu blond. L'air d'un homme du Nord plus que d'un Breton.

– Oui, monsieur, fit-il en se levant. Je vais chercher mon père.

L'homme s'avança et le garçon vit qu'il boitait bas. L'aubergiste entra au même moment. Ils se regardèrent, puis le père de Josselin poussa un drôle de soupir et se précipita pour serrer l'autre dans ses bras.

– Armel, c'est toi ! Je te croyais mort.

– Pour sûr, je l'ai été, mon Jehan, mais aujourd'hui, je suis là. Et bien vivant, crois-moi !

Ils se tapaient dans le dos, s'étreignaient, et Josselin les contemplait, ébahi. Jamais son père n'avait témoigné autant d'affection à qui que ce soit, pas même à lui.

– Mon fils Josselin, fit l'aubergiste en le présentant. Josselin, voici Armel Gandon, mon ami.

Le garçon salua, intimidé par le regard clair qui se posait sur lui.

– Le bonjour, jeune Josselin, fit le nouveau venu, prenant ses mains dans les siennes et les serrant sans le quitter des yeux. Content de faire ta connaissance.

Quelque chose chez lui plut aussitôt à l'enfant. Sans doute cette façon qu'il avait de le considérer comme un homme alors qu'il n'était encore qu'un garçonnet.

Armel ne repartit jamais.

Il aida à l'auberge et donna à Josselin l'affection qu'il cherchait en vain chez ses parents. Il lui offrit surtout ce qu'on lui refusait encore : la liberté. Lui qui, jusque-là, ne sortait que pour aller à la messe ou au jardin, put enfin découvrir les remparts, l'île de Cézembre et même Dinan où il alla en barque sur la Rance avec son nouvel ami.

Armel plaidait sa cause, trouvait les mots justes, rassurait sa mère, raisonnait Jehan.

Dans le secret de ses pensées, le garçon l'appelait son « presque » père. Il ne fallut pas longtemps avant qu'il ne lui confie son rêve de devenir archer et le violent refus qu'on lui avait opposé.

– Ne méjuge pas Jehan, avait répondu Armel. Il a ses raisons qu'il t'expliquera un jour. Je t'aiderai, fiston. Je te le promets.

Il avait tenu parole.

Quelques jours plus tard, au détour d'une promenade, il entraîna Josselin vers l'échoppe où il vivait quand il ne dormait pas au Lion Vert. C'était rue des Forges, une minuscule boutique coincée entre deux hautes maisons à colombages.

Il poussa la porte. Le rez-de-chaussée était un atelier où sa paillasse n'occupait qu'un recoin. Il y avait un long établi couvert de rabots, de varlopes, de galères, de poinçons, de perçoirs… et, au mur, suspendus… une demi-douzaine d'arcs.

– Mais…, bégaya le fils de l'aubergiste, sidéré. Tu ne m'as pas…

– C'est une longue histoire que je te conterai un jour. J'ai été archer et facteur d'arcs.

Après lui avoir laissé dévorer des yeux ses réserves de bois de noisetier, d'if, de chêne, les cordes, les flèches aux pointes de métal, il lui tendit un petit arc.

– Tiens, je l'ai fait pour toi.

– Pour moi ?

La voix de Josselin tremblait.

– Tu as bientôt neuf ans, il est temps que tu t'entraînes.

L'enfant hésita.

– Eh bien ? Tu ne le prends pas ? insista Armel.

– Que dira monsieur mon père ?

– J'en fais mon affaire. Il sera bien obligé d'approuver ton choix, mais il l'acceptera d'autant mieux que tu seras devenu le meilleur.

Josselin saisit l'arc. Une drôle de sensation l'envahit. Le bois était doux au toucher, lisse. Il ne se lassait pas de le caresser.

– Il est fait dans un tronc de noisetier, lui expliqua son ami. Si c'était dans une branche, il y aurait de mauvais nœuds. Un jour, tu auras un arc en if. Mais assez parlé, sortons. Prends cela.

Armel lui tendit un carquois, une corde, puis il saisit une cible de paille, un arc aussi long que celui des archers du Papeguay et des flèches qu'il glissa à sa ceinture.

– Suis-moi !

Le garçon obéit et ils sortirent par la porte Saint-Thomas.

C'était marée basse. Des barques étaient couchées sur le flanc. Au loin, sur un banc de sable, se reposaient des phoques gris. Ils marchèrent longtemps sur le sable durci. Le vent était tombé, il faisait chaud. Armel lui expliqua comment installer la cible, et Josselin partit quelques toises plus loin.

– Là ? demanda-t-il.

– Plus loin !

Le garçon s'éloigna davantage.

– Non, plus loin encore.

Josselin n'entendait plus sa voix mais il comprit qu'il s'était enfin arrêté au bon endroit. Il lui parut impossible d'atteindre une cible aussi petite à une telle distance.

Il revint vers Armel, observant son arc.

– C'est un longbow en bois d'if. Ce sont les archers gallois qui l'ont inventé il y a quelques siècles de cela, mais ce qu'il permet de faire, ni une arbalète ni une arquebuse ne le peuvent. Reste à côté de moi et regarde.

Il se tut. Le garçon eut l'impression que le corps de son ami se détendait. D'un coup, il arma et tira trois flèches de suite. Leur sifflement déchira l'air, faisant s'envoler des mouettes qui s'étaient posées près d'eux. Il avait été si rapide qu'il sembla à Josselin qu'une seule était partie. Le silence retomba.

– Va voir !

L'enfant courut jusqu'à la cible. Les flèches étaient toutes en plein centre. Il les arracha et revint à pas lents.

Armel leva son arc vers le soleil, et le fils Trehel pensa un court instant que sa flèche allait l'atteindre et qu'ensuite les ténèbres viendraient… Le trait partit droit vers le ciel… Maîtrisant mal son inquiétude, Josselin plissa les yeux pour le suivre.

En retombant, il se planta dans le haut de la cible.

Là-haut le soleil brillait toujours.

2

– Non ! Arme davantage ta corde. Plus haut ton arc !
Plus basse ta main d'arc ! Tu es trop raide ! Plus fort ton
tir ! Plus souple le geste…

Huit ans avaient passé depuis son premier arc.

Josselin avait seize ans et, chaque jour, après son travail à l'auberge, il rejoignait son ami rue des Forges avant d'aller s'entraîner sur les grèves. Tous ces exercices l'avaient changé. Il avait grandi, s'était musclé. Il se sentait plein d'une énergie inépuisable.

Ce jour-là, pas un nuage ne troublait le ciel bleu de ce début d'été et la brise de mer venait de se lever. Le temps était sec, il allait pouvoir tirer avec son arme favorite.

Comme souvent, la porte de l'atelier était grande ouverte et Armel était à son établi. Le jeune homme s'immobilisa sur le seuil, respirant l'odeur de colle et de sciure. Il était fasciné par la précision des gestes, l'air concentré, la rapidité avec laquelle son ami taillait, coupait, torsadait. Armel achevait un longbow. Avec ses outils affûtés, les troncs refendus des arbres se transformaient en arcs, ce qui, après toutes ces années, continuait d'émerveiller Josselin.

– Pousse-toi de là, grommela soudain l'artisan. Tu me caches la lumière.

Il venait de poser l'arme en équilibre sur son index. Un bref sourire illumina son visage.

– Tu vois, c'est comme une balance dont les charges sont égales. Et c'est cette égalité de poids et de forme des deux branches qui va en faire une arme sur laquelle on pourra compter. Une légère différence le ferait trembler dans la main au lâcher et il casserait un jour sans prévenir.

Plus le temps passait, plus la fabrication passionnait Armel, davantage même que le tir.

– Tu es venu chercher le tien ?

Josselin hocha la tête. C'est ici qu'il entreposait son équipement, plutôt qu'à l'auberge où ses parents l'auraient trouvé.

Armel fouilla sous le comptoir et lui tendit son arc. Il ne ressemblait à aucun autre avec son galbe et ses courbes inhabituelles. Six ans que Josselin tirait avec et pourtant, à son contact, le cœur lui battait toujours aussi fort.

C'était une arme étrange, à nulle autre pareille, qui venait du lointain Empire mongol. La serrer entre ses doigts lui rappelait les récits d'Armel sur les cavaliers de la Horde d'Or, ces descendants de Gengis Khan dont la seule évocation faisait frémir leurs adversaires.

Il prit une corde de rechange. Les souvenirs affluaient. C'était son parrain, Étienne Deslandes, armateur et marchand, qui l'avait trouvé dans une de ses cargaisons, soigneusement enveloppé dans de la soie. Que faisait-il là ? Mystère. Mais il était arrivé à Saint-Malo intact, avec son étui de cuir, ses cordes, ses bagues de pouce et ses flèches.

Josselin se souvenait comme si c'était hier du jour où il en avait hérité. Il mangeait à l'atelier quand son parrain était entré sans frapper, posant un balluchon sur la table :

– Ah, tu es là, mon filleul ! avait-il fait en lui ébouriffant les cheveux.

Il s'était déjà tourné vers Armel.

– Voyez ce que j'ai trouvé, maître Gandon.

Les deux hommes ne s'appréciaient guère et, dans un premier temps, le facteur d'arcs avait continué à manger. Mais lorsque le marchand avait sorti du tissu de longues branches de bois et de corne en forme de C, son intérêt l'avait emporté. Il s'était levé. Deslandes posait devant lui de fines tiges parfaitement droites, des flèches.

– Où avez-vous déniché cela ? avait demandé Armel, dissimulant mal son excitation.

– Vous n'avez pas tout vu, avait ajouté l'autre, ouvrant une boîte de bois précieux dans laquelle se trouvaient de petites bourses faites de la plus belle soie. Tout ça était dans un ballot que j'ai acheté. Pour mon malheur, cette satanée graisse a souillé mes tissus. Tiens, prends cela, mon neveu.

Il avait tendu les bourses à Josselin qui délaça les cordons, sortant une à une d'étranges pointes de flèche d'os et de métal ainsi que des bagues de tailles différentes.

– Qu'est-ce que c'est ? avait-il demandé en montrant ces dernières à Armel qui les lui avait arrachées des mains.

– Des protections pour le pouce. Comment est-ce possible ! En avez-vous d'autres ?

Deslandes, qui, comme tous les négociants malouins, n'aimait pas qu'on l'interroge sur sa marchandise, avait répondu par une question :

– Que pouvez-vous me dire ? J'ai aussi un étui en cuir qui va avec.

– C'est un arc mongol. Ils sont rapides et plus maniables que les nôtres. Ils sont faits d'un assemblage de bois, de corne et de tendons. Malheureusement, ils résistent moins à l'humidité que…

Son parrain l'avait interrompu :

– Fi de tout cela ! Je ne suis pas un archer mais un marchand. Croyez-vous que je pourrais le revendre un bon prix ?

Le visage d'Armel s'était fermé.

– Non ! Par ici, personne n'en voudra, avait-il fini par répondre.

Josselin avait attrapé l'arc. Il n'avait pas sa corde et il hésitait sur la façon de le tenir.

– Parrain, est-ce que je pourrais l'essayer ?

Le marchand ignorait tout de son apprentissage d'archer.

– Je crois pas que tes parents seront d'accord, avait-il lâché, étonné.

– Il a raison, avait approuvé Armel.

Le regard de Deslandes avait croisé celui de Josselin, puis était passé de l'arc aux flèches. Enfin, il avait poussé le tout vers lui.

– Prends, mon filleul. Puisque je n'en tirerai rien, autant que je te le donne.

Et il était sorti, claquant la porte derrière lui…

– Eh bien, qu'est-ce que tu as à rester planté là ? dit Armel, le ramenant au présent. Il fait beau, file donc. (Il lui tendit un long bâton dont l'une des extrémités était entourée d'un tissu.) Je te défie de tirer à dix pas, en courant, et de mettre trois flèches là-dedans.

– Mais il fait à peine trois doigts d'épaisseur ton bâton !

– Va !

– Tu ne viens pas avec moi ?

– Non, ma jambe me fait souffrir et marcher dans le sable n'arrange rien.

Josselin sortit donc avec son matériel et se dirigea vers les marais de Saint-Servan.

Une fois là-bas, il planta la perche dans la vase, traça un cercle autour et commença son entraînement à quatre-vingts pas. C'était suffisant pour une première volée. Il glissa l'une des bagues à son pouce, positionna sa flèche et, les yeux ouverts, lâcha son premier trait. Il lui semblait entendre la voix d'Armel :

« Ton arc et toi avez besoin de faire connaissance et de vous échauffer. Si tu tires trop fort dès le début, l'un ou l'autre risque de casser. »

Il décocha vingt fois, visant le cercle, et s'approcha.

Il n'était pas satisfait. Plusieurs traits étaient en dehors de la marque au sol. Il ramassa ses flèches. Il était temps maintenant de relever le défi lancé par Armel : tirer en courant. Ce qu'il n'avait jamais essayé.

Il choisit ses trois meilleures flèches et s'éloigna avant de se ruer vers la cible. Mais une seule se planta dans la perche. Le mouvement l'avait empêché d'ajuster.

Josselin refréna un mouvement de colère. Il devait se concentrer. Il respira profondément et s'élança de nouveau. Cette fois, les trois se fichèrent dans le bois.

Il allait pousser un cri de joie quand un vol de courlis se leva au-dessus des marais. Les jolis échassiers au plumage marron strié de roux, au long bec arqué, décrivirent une courbe au-dessus de lui, cherchant un endroit où se poser.

Une flèche suffit. L'un d'eux, traversé de part en part, tomba lourdement. Josselin écarta les roseaux et ramassa l'oiseau mort, le glissant dans sa gibecière. Armel saurait l'accommoder.

Il aimait chasser, mais il n'oubliait jamais l'enseignement de son vieil ami. « *Tout comme l'épervier, ne prends que ce qui t'est nécessaire, jamais davantage. Et remercie pour cette vie qui te permet de prolonger la tienne.* »

Les roseaux bruissaient dans le vent, le cri flûté, un peu mélancolique des courlis retentit ; il prit le chemin du retour.

Comme souvent, il se sentait plein d'une force qu'il maîtrisait mal. Il avait envie de courir, de danser.

Une fois sur la grève, il arma de nouveau son arc puis sauta par-dessus un rocher, décochant une flèche qui se ficha dans la carcasse d'une barque. Il roula à terre, tirant à deux reprises dans la souche qui servait à l'attacher. Ses flèches se plantèrent dans le bois en vibrant. Il se redressa enfin, ôtant le sable de sa tunique, et reprit le chemin de Saint-Malo en sifflotant.

Alors qu'il passait la Grand-Porte, la voix puissante du sergent crieur l'arrêta. Monté sur une pierre, ce dernier avait fait taire les derniers murmures d'un roulement de tambour.

– Oyez, oyez, mesdames et messieurs ! Oyez. De par l'autorité de notre très saint évêque, Denis Briçonnet, de notre connétable, monsieur des Granges, et de notre capitaine de ville, monsieur Cendres, j'ai l'honneur, en ce jour du mois de juin 1522, de vous annoncer que…

Josselin allait presser le pas pour sortir de l'attroupement quand retentit distinctement le mot « archer ». Il s'arrêta net. Le sergent poursuivit :

– Le capitaine demande à ce que les volontaires se présentent dans quatre jours aux Champs-Vauverts. Oyez, oyez, acheva le soldat, tout en placardant une affiche sur la Grand-Porte.

Bousculant les badauds, le fils Trehel se fraya un passage à travers la foule. Il avait bien entendu.

Il courut d'une traite jusqu'à la rue des Forges, ouvrant la porte à la volée.

– Armel… le crieur… y a une affiche ! Faut se présenter aux Champs-Vauverts !

– De quoi parles-tu ? répondit son ami sans lever la tête de son ouvrage. Nettoie et range ton matériel, veux-tu ? Et explique-moi calmement ce qui te met dans cet état.

Le jeune homme sortit l'oiseau de sa gibecière, posa la perche sur l'une des tables.

– Je t'ai ramené un courlis et, pour le tir, j'ai réussi. (Il reprit son souffle.) Mais c'est pas ça. Ici… Tu te rends compte ?

Il était si excité qu'il bafouillait. Armel avait posé l'arc sur lequel il travaillait.

– Les épreuves… Je dois y aller, faut que tu parles à mon père. Viens avec moi à la Grand-Porte !

Peu habitué à le voir aussi exubérant, le facteur d'arcs le regardait avec étonnement tandis que le jeune homme ajoutait :

– Ils cherchent des archers pour protéger la ville ! Ils vont créer une compagnie !

3

— Tu sais très bien que je refuse qu'il devienne archer, répéta Jehan Trehel. Il doit me succéder à l'auberge, voilà tout. Et cela ne sera pas une mauvaise vie. Meilleure que celle que nous avons vécue.

Armel secoua la tête.

— Notre vie n'était pas si mauvaise, Jehan. Mais la guerre abîme les hommes et les transforme en bêtes brutes. Et c'est vrai, nous n'étions plus les mêmes après… Mais revenons à ton fils. C'est d'une compagnie d'archers qui défendrait notre ville qu'il s'agit et non d'une guerre comme celle que nous avons connue. Et cesse donc, à chaque fois qu'on te parle d'arc, de te comporter comme un ours qu'on dérange à sa tanière !

L'aubergiste se radoucit.

— Je sais. Je sais. Faut toujours que je m'emporte. Tu me connais, j'ai pas changé, j'ai le sang qui bout ! Mais c'est pas contre toi !

Il posa la main sur l'épaule de son ami. Le boiteux reprit :

— Écoute-moi jusqu'au bout.

— D'accord, mais morbleu, faisons-le devant un

verre, fit Jehan, attrapant un cruchon et deux gobelets de terre. Profitons que nous sommes un peu tranquilles, toi et moi. Viens par là.

Il alla s'asseoir à l'une des tables où Armel le rejoignit.

L'aubergiste les servit tous deux puis reposa le pichet.

– Je connais tes raisons, Jehan, mais ce ne sont pas les bonnes, reprit Armel. Tu mélanges hier et aujourd'hui. Nous sommes en l'an 1522, mon ami. Josselin est différent de toi et de moi et ce n'est plus le même temps. Le roi François Ier est un bon roi, et n'oublie pas que sa femme, la reine Claude, est duchesse de Bretagne, ce qui protège notre cité et ses habitants.

– Le François Ier, on dit qu'il s'est fait adouber chevalier par Bayard après la bataille de Marignan. Un roi chevalier, en d'autres temps, j'aurais aimé ça. Mais son goût pour la guerre est exagéré. Et ce Camp du Drap d'or ! Toutes ces richesses étalées alors que tant de pauvres gens meurent de faim, pour finalement se retrouver à faire la guerre à Charles Quint et à Henri VIII !

– Il n'a que vingt-huit ans ! Laisse-lui le temps de devenir sage. Tu oublies souvent, y compris quand tu regardes ton fils, le jeune homme que tu étais. Un fou d'arc, tellement meilleur que moi ! Un tireur incroyable.

Jehan regarda son ami droit dans les yeux.

– Tu sais, faut que je te dise… Si tu crois que je ne sais pas ce que vous faites dans mon dos sur les grèves…

Un mince sourire se dessina sur les lèvres d'Armel.

– Et tu ne t'es pas mis en rogne ? Je retire tout ce que j'ai dit sur l'ours dans sa tanière. Non, plus sérieusement, Jehan, je me doutais bien qu'un jour ou l'autre, tu l'apprendrais. Soit parce que quelqu'un te le dirait, soit parce que tu nous verrais. Sois pas fâché contre lui. Je suis seul responsable.

Le visage de Jehan se détendit. Armel était comme l'autre face de lui-même. Une face réfléchie, calme, posée. Tout ce qu'il n'était pas. Ces deux-là se complétaient et, surtout, avaient toujours eu, même dans les pires dangers, une confiance absolue l'un en l'autre.

– De toi à moi, mon ami, reprit l'aubergiste en vidant son gobelet, je ne lui en veux pas plus qu'à toi. J'ai bien vu qu'il changeait, qu'il devenait plus vif et plus vigoureux. Que cela lui faisait du bien. Alors j'ai rien dit. Mais de là à ce qu'il en fasse son métier ! Non et non !

Armel posa une main apaisante sur le bras de son ami.

– C'est une occasion unique. J'aurais aimé avoir un fils comme lui. Il a la rage de vaincre. Et il est bon, tu sais.

– Il ne sait que jouer, ce n'est pas un archer, trancha Jehan.

– Tu l'as déjà vu tirer ?

– Non, mais des clients m'ont dit qu'il sautait par-dessus les rochers, qu'il roulait à terre. Il s'amuse, quoi !

– Mais nous aussi, on s'amusait ! Il a de l'ardeur et, comme toi, le sang qui gronde dans ses veines. Laisse-lui au moins une chance, une seule. Qu'il te montre de quoi il est capable. Juste une fois. Et s'il n'arrive pas à te convaincre, alors il ne se présentera pas aux épreuves.

Jehan fronça les sourcils et resta un long moment silencieux. Armel le servit de nouveau et ils levèrent leurs gobelets d'un même geste. Quand il reposa le sien, l'aubergiste dit :

– J'accepte.

– Alors rejoins-nous sur la grève à marée descendante. Nous t'y attendrons.

4

– Y viendra pas, grommelait Josselin qui faisait les cent pas.

– Il viendra ! assura Armel, achevant de tendre une ficelle d'une toise entre deux piquets plantés dans le sable.

Une fois son ouvrage fini, le boiteux recula pour mieux juger de l'effet. Sous le fil, pendaient, à intervalles réguliers, quatre morceaux de tissu rouge.

– La corde est trop basse, protesta le jeune homme. À peine la hauteur de mon genou.

– Arrête de grogner. Tu l'as déjà fait. Tu te rappelles, tu recules de soixante-dix pas. Tu vises sous la ficelle entre les rubans et, bien sûr, tu ne les touches pas.

– Mais là, c'est pas pareil ! Je suis trop tendu. Regarde, fit-il en montrant ses mains. Pour un peu, je tremblerais. Et si j'échoue ?

– Ça suffit ! Prépare ton arc.

Bien que la voix d'Armel soit sèche, quelque chose dans son regard rappela au jeune archer toutes les fois où il lui avait redonné confiance. Toutes les fois où il l'avait encouragé.

Il tressaillit. Une silhouette trapue venait d'apparaître porte Saint-Thomas.

– Je te l'avais dit, voilà ton père ! Ne pense plus qu'à ton tir et à cette compagnie d'archers dont tu feras partie, j'en suis sûr. Va prendre ta place et attends mon signal. Tu as droit à trois flèches.

Le jeune archer s'éloigna. Le boiteux attendit que l'aubergiste le rejoigne et tous deux allèrent se jucher sur un promontoire rocheux.

Josselin respira lentement, s'efforçant de les oublier. À cette distance, la corde et les rubans lui paraissaient si petits… Enfin, il s'apaisa et laissa la force de l'arc mongol l'envahir.

Ce lien intime entre lui et son arme était une chose qu'il n'aurait su expliquer. Était-ce la vigueur du chamois dont la corne et les tendons avaient servi à le fabriquer ? Il ne savait pas. Mais c'était un accord magique entre végétal et animal, une puissance qui s'ajoutait à la sienne. Dans ces instants-là, il sortait de son corps. Il avait l'impression de se regarder d'en haut.

Il glissa la bague de métal à son pouce, encocha sa flèche. Le vent était tombé, un étrange silence régnait sur la grève.

Le premier trait partit en sifflant, bientôt suivi des deux autres.

Les flèches passèrent entre les morceaux de tissu sans les frôler et se plantèrent dans le sable. Il avait réussi. Pourtant, il baissa lentement son arc, presque à regret, n'osant regarder son père. Il entendit la voix d'Armel.

– Alors qu'en penses-tu ? Ce tir bas est l'un des plus difficiles, tu le sais.

Jehan fixait son fils comme s'il le voyait pour la première fois.

– Qu'est-ce que c'est que cet arc ? grommela-t-il. Je n'en ai jamais vu de semblable.

– Souviens-toi du vieux facteur d'arcs à Dinan. Il ne cessait de nous parler des archers mongols et de leurs arcs légendaires.

– Je me souviens.

– Maître Deslandes a trouvé celui-là enveloppé dans des ballots de soie. C'est une arme fabuleuse, mais qui n'aime guère nos embruns. Josselin ne l'utilise que par temps sec. Depuis, j'essaye en vain d'en fabriquer un second. Mais cessons de parler de l'arc et parlons de l'archer. Que penses-tu de lui ?

– Il a gagné… et toi aussi, vieux renard ! fit Jehan en tapant sur l'épaule de son ami. Qu'il se mesure aux autres. Je l'annoncerai à Mathilde.

5

Deux jours s'écoulèrent encore, deux longues journées d'exercices difficiles, d'entraînements physiques éprouvants. Enfin, le matin de la sélection arriva. Josselin craignait tant que son père change d'avis qu'il partit à l'aube, avant son réveil.

En refermant derrière lui, il respira avec délice la brise de mer, chargée de l'odeur des algues. Seul le son lugubre des cornes des maîtres-chiens rappelant leurs dogues troublait le calme. En passant devant le vieux château, il entendit les soldats qui s'équipaient pour aller prendre leur tour de garde. Perdu dans ses songes, il arriva sans s'en rendre compte au milieu des barrières installées la veille. Elles délimitaient un large espace de tir. Un bref instant, il repensa à cette flèche qui avait touché le Papeguay et changé sa vie. Cette flèche qui avait fait de lui un archer et non un aubergiste.

Il regarda autour de lui. Marcher au petit matin l'apaisait toujours ; et puis il aimait venir aux Champs-Vauverts voir le soleil se lever au-dessus des remparts.

Vers le large, tout était encore sombre mais, en

tournant la tête vers le Sillon, cette levée de sable qui, à marée basse, reliait la cité au rivage, il aperçut au loin la silhouette de la pointe de la Varde.

Le son des cloches le fit se tourner vers la ville où seule la tour de la cathédrale Saint-Vincent se détachait sur un ciel qui se teintait déjà d'ocre jaune. La journée s'annonçait bien.

Un temps sec, sans pluie.

Bientôt les portes de la ville s'ouvriraient, laissant entrer les archers et les badauds venus pour participer ou assister au concours d'archerie.

De l'autre côté du champ, trois jeunes gens parcouraient l'espace de tir.

L'un d'eux était Louis, un fils d'armateur de Saint-Malo. L'autre était Perrin, qu'il ne voyait plus guère depuis la mort tragique de son père, un marin pêcheur, disparu comme tant d'autres Malouins dans les eaux glacées des Terres Neuves. Il avait du mal à reconnaître Perrin tant il avait grandi. Ce dernier discutait avec le troisième garçon. Un inconnu, aussi grand que lui qui, pourtant, dépassait d'une tête la plupart des Malouins. Mais autant le fils du pays était maigre, autant le hors-venu était large d'épaules avec même un peu d'embonpoint. Il avait visiblement passé la nuit dehors et venait de rouler sa couverture.

Ses repères pris, Josselin, qui avait hâte de se mesurer aux autres, redescendit vers la ville basse récupérer son matériel à l'atelier.

La brise était tombée et le soleil chauffait déjà.

Ils étaient soixante archers, âgés de seize à vingt ans, à entrer en lice sous les encouragements des spectateurs contenus derrière les barrières. Vingt d'entre eux seulement seraient retenus, non pour entrer dans la compagnie mais pour faire trois mois de formation avec le maître de l'arc, Colin Jago, qui allait la diriger.

Maître de l'arc… Le titre faisait rêver Josselin qui se disait qu'un jour il le porterait à son tour. Il n'avait pas osé avouer ces pensées à Armel : celui-ci le trouvait déjà si impatient et orgueilleux !

La sueur coulait le long du dos de Josselin. Il avait chaud et enviait les gens glissés sous des abris de toile. Des marchands ambulants passaient parmi eux, proposant beignets, tourtes, talmouses, pâtés, bière, hypocras, vin de sauge…

Tous attendaient l'arrivée du vicaire général et doyen du chapitre, François de Champgirault. Il était le représentant de l'évêque de Saint-Malo et rien ne se ferait sans sa bénédiction.

Impatient de commencer, Josselin se mit sur la pointe des pieds pour le guetter. Soudain, la foule s'écarta pour laisser passer le religieux et son escorte. François de Champgirault s'installa dans la tribune avec, à ses côtés, au premier rang, le connétable des Granges et Cendres, le capitaine de ville. Quelques notables prirent place derrière eux à l'ombre des velums. Le maître de l'arc, Colin Jago, était déjà sur le pas de tir. Enfin, le vicaire se leva et le silence se fit.

– Aujourd'hui est un beau jour. Archers, que Dieu vous protège et que les meilleurs gagnent ! fit-il, donnant sa bénédiction d'un ample geste de la main avant de se rasseoir.

Face aux concurrents, Colin Jago leva le bras.

– Salut à vous, archers ! lança-t-il d'une voix puissante qui fit taire les derniers murmures.

– Salut à vous, maître de l'arc !

Soixante voix avaient répondu à l'unisson.

– La première épreuve va commencer. Voyez cette oriflamme rouge qui flotte au bout d'une perche. Un cercle de deux pas a été tracé autour. Seuls ceux dont la flèche sera plantée à l'intérieur passeront l'épreuve suivante. Tous en ligne ! Et sur deux rangées.

Tout le monde s'aligna, le fils de l'aubergiste se plaça derrière les autres et enfila sa bague au pouce droit.

À côté de lui, le grand gaillard qu'il avait vu avec Perrin avait ajusté le gant de tir qui protégerait les trois doigts avec lesquels il manipulerait sa corde.

Josselin choisit sa flèche.

Dans l'attente de l'ordre de Jago, tous sauf lui avaient l'extrémité de leur arme posée sur le bout de leur pied. Seules les courbes de l'arc mongol cassaient l'alignement des longbows.

– Première ligne. Archers, encochez ! ordonna le maître.

Le mouvement avait été rapide et précis.

Le sifflement de la première volée fit taire les spectateurs qui suivirent des yeux la nuée de flèches.

– Seconde ligne. Archers, encochez ! répéta le maître de l'arc.

Le fils Trehel attendit que les premiers traits retombent. Il ne voulait pas risquer que le sien en touche un autre en plein vol. Il visa le ciel et décocha. Son voisin qui, comme lui, avait su patienter, sourit en se présentant :

– Salut à toi. Moi, c'est Guillaume Galay.

– Josselin Trehel.

Il n'avait aucune envie de parler, encore moins de se déconcentrer. Pourtant, l'autre poursuivit.

– Je t'ai aperçu ce matin. D'où vient cet arc ? J'en ai jamais vu de pareil.

Perrin, qui était un peu plus loin, interpella Guillaume. Josselin en profita pour se faufiler parmi les autres pour voir où s'était plantée sa flèche. Un ordre de Jago l'arrêta. Le maître retira la vingtaine de traits plantés à l'extérieur de la cible, identifia les propriétaires à l'aide des marques apposées dessus. Celle de Josselin, un mystérieux entrelacs, était celle du facteur d'arcs mongol qui avait réalisé son arme.

Il retint sa respiration, écoutant les noms que Jago énumérait. Ceux qui avaient échoué se détournèrent, le visage fermé. Josselin soupira, soulagé : il avait réussi.

– Vous récupérerez vos flèches plus tard, déclara Jago. Passons à la seconde épreuve. Suivez-moi !

À la fois excité et anxieux, le fils de l'aubergiste suivit le mouvement. À son grand étonnement, Jago les mena face au rempart.

– Silence, vous tous ! Voyez cette meurtrière par laquelle vous apercevez les gibets de l'Islet. Ceux qui réussiront à y faire passer une flèche repartent avec moi, les autres seront éliminés.

Il y eut des murmures dans les rangs tant l'exercice était inhabituel. Heureusement, Josselin avait en mémoire les repères pris le matin même et savait que la meurtrière était à quarante pas. Il comprenait mieux maintenant l'insistance d'Armel qui, ces derniers jours, avait durci son entraînement.

Louis, le fils d'armateur, s'avança. Il portait, incliné sur le crâne, un petit bonnet de velours piqué d'une perle. Il prit tout son temps, s'assurant que tous le regardaient. Josselin lui trouva l'air si sûr de lui qu'il lui déplut aussitôt. Mais c'était un bon tireur et sa flèche glissa avec succès par la meurtrière.

– Suivant ! ordonna Jago.

Les tirs s'enchaînaient lentement. Chacun s'installait avec soin pour ajuster son tir. Certaines flèches se brisèrent net en heurtant le mur de pierres, d'autres passèrent de justesse. Peu d'archers avaient égalé le premier tir. Il n'y avait plus maintenant qu'un concurrent devant Josselin.

Le fils de l'aubergiste concentra son attention sur l'étroite fente dans la paroi. Le bruit, la présence des autres s'estompèrent. C'était son tour. Il devait refaire les gestes tant de fois répétés lors des entraînements. Alors que ses compagnons s'étaient arrêtés pour viser, il partit en courant et décocha sans ralentir.

Dans un premier temps, un silence stupéfait plana puis, d'un coup, les gens applaudirent à tout rompre. Josselin resta figé, impressionné par cette ovation et chercha du regard son père ou Armel. Il finit par apercevoir ce dernier et, un court instant, son regard croisa le sien. Un sentiment de fierté l'envahit, vite calmé par la voix de Jago.

— Ceux qui ont réussi, en ligne ! ordonna-t-il. L'entraînement commencera demain matin. Rendez-vous au poste de garde de la Grand-Porte. Venez avec au moins deux arcs, vos flèches et des vêtements de rechange.

Le maître passa ensuite devant chacun, faisant ses remarques, avant de s'arrêter devant Josselin.

— Tu as du cran, Josselin Trehel, et l'œil perçant. Par contre, ce ne sera pas avec cet arc-là qu'il faudra te distinguer mais avec un longbow, comme les autres.

Lui qui s'attendait à quelque compliment pour l'exploit qu'il venait d'accomplir… Il murmura, dépité :

— Bien, mon maître.

— Eh bien, fiston, tu en fais une tête ! s'exclama Armel qui l'avait rejoint sur le pas de tir. Tu as gagné !

Josselin hocha la tête.

— Tu as vraiment un sale caractère. Tu voulais quoi ? Une couronne ?

Comme d'habitude, son ami avait touché juste.

– Allez, viens ! fit-il en l'entraînant. On va annoncer la nouvelle à ton père et on va fêter ça. C'est moi qui régale !

6

Le lendemain matin, Jehan Trehel fit ses adieux à son fils sans que celui-ci réussisse à deviner s'il était fier de lui ou content de le voir partir. Quant à sa mère, elle ne se montra pas.

C'était la première fois que Josselin allait vivre ailleurs qu'à l'auberge et c'est le cœur lourd qu'il sortit, avec l'impression douloureuse de laisser son enfance derrière lui.

– Quelle triste mine, messire l'archer ! fit une voix moqueuse qu'il reconnut aussitôt.

La silhouette d'Armel sortit de l'abri d'une porte cochère. Le jeune homme se jeta dans ses bras.

– Je me demandais si tu viendrais, souffla-t-il.

– Crois-tu que je t'aurais laissé filer ainsi ?

Ils s'étreignirent et Josselin voulut le remercier de tout ce qu'il lui avait donné sans rien exiger en retour. Il ouvrit la bouche et la referma, incapable de trouver les mots qui traduisaient l'émotion qui l'avait envahi.

– Tu vas me briser les côtes ! fit le boiteux en le repoussant. Allez, assez de sensibleries, on dirait qu'on part à la guerre tous les deux ! Marchons. Où dois-tu rejoindre maître Jago ?

– À la Grand-Porte.

– Je t'accompagne. Après tout ce que j'ai bu à ta santé hier, un peu d'air frais me fera du bien.

Ils marchèrent côte à côte, en silence. Le jeune Trehel respirait mieux et un vent frais chargé d'odeurs marines acheva de chasser sa mélancolie.

– Allez, c'est ici que je te laisse !

La Grand-Porte était toute proche.

– Fais ce que tu dois et fais-le bien, fiston.

– Oui…

La gorge serrée, Josselin regarda s'éloigner son ami puis fit un bond de côté en poussant un juron. Une femme venait d'ouvrir sa fenêtre, vidant un seau d'urine sur le pavé. Il s'écarta précipitamment, examina son pourpoint neuf, nettoya la pointe de ses bottes dans une flaque d'eau et repartit en grommelant.

Une double exclamation salua son arrivée au poste.

– Salut, Josselin ! fit Perrin, le visage barré d'un sourire.

– Bravo pour ton tir, hier ! Jamais vu un arc comme le tien ni un archer comme toi, renchérit Guillaume Galay.

Cet accueil, si chaleureux, le prit au dépourvu. Il hocha la tête, incapable de répondre mieux à ces démonstrations d'amitié. Il n'avait pas appris les règles de la vie en communauté, encore moins avec des gars de son âge.

L'arrivée de Colin Jago ramena le silence. Les jeunes gens s'alignèrent devant le poste, une maison de bois accotée au rempart.

– Salut à vous, archers !

Un concert d'acclamations s'éleva. Le maître leva la voix pour obtenir le silence.

– Dorénavant, garçons, vous êtes des soldats. Et vous le resterez pendant vos trois mois d'entraînement.

Son regard se posa sur eux.

– Que vous soyez fils de bourgeois, de charpentiers, de marins ou d'armateurs m'importe peu. Vous allez tous apprendre la discipline, la patience et l'humilité.

Sa voix vibrait en prononçant ces mots.

– Je ne veux pas de simples archers, je veux des hommes qui tirent sans voir, capables de deviner une cible avant même qu'elle n'apparaisse. Des archers d'élite.

Les jeunes l'écoutaient, buvant ses paroles comme si elles étaient sacrées.

– J'espère recruter dix d'entre vous pour la compagnie que je crée avec l'accord de l'évêque Denis Briçonnet, du connétable des Granges et des bourgeois de la cité. Une compagnie qui protégera les Malouins, mais aussi les voyageurs et les bateaux marchands jetant l'ancre dans le port.

Le silence retomba.

– Posez vos affaires dans le fond de la pièce !

Les jeunes gens entrèrent en se bousculant dans le poste de garde, une salle longue et basse au sol de terre battue. Jago, qui les avait suivis, ajouta :

– Prenez vos arcs et venez avec moi.

Derrière lui apparut une silhouette féminine qui se détachait à contre-jour, une jeune fille aux longs cheveux blonds.

– Qu'est-ce que vous attendez ? Remuez-vous, fit le maître, haussant le ton.

En se retournant pour sortir, le maître se trouva face à elle. Il la présenta avant qu'elle ne s'écarte pour laisser passer la petite troupe :

– Mademoiselle Anne Jago, ma fille. C'est elle qui s'occupera des repas.

Le regard décidé de la nouvelle venue ne se détourna pas sous ceux des jeunes hommes qui la détaillaient.

Une fois dehors, Josselin marcha fièrement. Les rares passants qui croisaient les archers s'arrêtaient pour les regarder. Les filles leur lançaient des œillades. Une seule pensée assombrissait son humeur : sa petite taille, d'autant plus marquée que les autres étaient tous de solides gaillards. Même son longbow, qu'Armel lui avait fabriqué sur mesure, lui semblait ridiculement court à côté de celui des autres. Il en était là de ses réflexions quand Guillaume lui demanda :

– Pourquoi as-tu changé d'arc ?

– Le maître ne veut pas que j'utilise l'autre, souffla-t-il à voix basse.

– Dommage, j'aurais aimé le voir de plus près et savoir ce qu'il vaut sur de grandes distances.

Ces derniers mots ramenèrent le fils Trehel à un autre sujet d'inquiétude. La distance était son point faible. L'allonge de ses bras et sa force ne lui permettraient pas de tirer aussi loin que ses camarades. Rapide et précis à faible et moyenne distance, il n'égalerait jamais la puissance de Guillaume ou d'Elyot, un fils de charpentier dont les bras tout en muscles l'impressionnaient.

7

Sur la grève, quatre oriflammes s'échelonnaient jusqu'à trois cent cinquante pas[1]. Chacune d'elles était placée au centre d'un cercle tracé dans le sable. La dernière paraissait si loin que Josselin se demanda même s'il était possible de l'atteindre. L'angoisse lui noua de nouveau le ventre. Il se sentait fébrile et, tout en même temps, avait envie d'impressionner le maître de l'arc.

– Voici mes instructions, annonça Jago d'une voix forte. Une flèche pour chaque cible. L'important est de ne pas être en dehors des cercles. En rang par quatre. Allez !

Le maître s'écarta, les laissant tendre leurs cordes.

Josselin, trop nerveux, accéléra ses préparatifs, négligeant de tirer sa corde à plusieurs reprises pour que les fibres de son arc se mettent en place. Il voulait prouver qu'il était capable de tirer aussi loin que les autres, forçant plus qu'à l'accoutumée sur son arme.

---

1. Environ 250 mètres.

47

Le bruit sec et tant redouté le figea. Son manque de préparation avait eu raison de son arme qui s'était brisée net. Son désarroi fut d'autant plus grand que cette mésaventure lui était déjà arrivée enfant. À l'époque, les explications d'Armel l'avaient réconforté et il s'était juré de ne jamais recommencer. Il en aurait pleuré de rage s'il n'avait croisé le regard mécontent de Jago.

– Il te faudra apprendre la patience, Josselin Trehel ! fit celui-ci.

Humilié, le jeune homme alla se placer à l'écart pour ne pas gêner ses camarades dont les flèches n'atteignirent pas le troisième cercle.

Guillaume s'installa à son tour derrière la ligne de tir, Louis à sa droite et Perrin à sa gauche. Leurs flèches partirent. Seul Guillaume atteignit la troisième cible. Une fois tous les concurrents passés, Jago s'approcha de lui.

– Peux-tu toucher la quatrième ? demanda-t-il.

– Je le pense, mon maître.

– Va !

Guillaume cala ses pieds dans le sable et amena sa main de corde au maximum de son allonge. Il ne pouvait pas tenir longtemps ainsi et il décocha aussitôt. La flèche décrivit une longue parabole avant de retomber à la hauteur des rochers de la Hoguette. Malgré sa sortie du cercle, le tir était extraordinaire. À l'exception de Louis, l'air hautain, tous le félicitèrent. Mais Guillaume resta muet. Il avait remarqué tout comme Josselin que Jago préparait son arc. Une arme immense en bois d'if.

Le maître s'avança et, arrivé sur le repère, décocha.

Sa flèche partit si vite que le fils Trehel eut du mal à la suivre. Elle se planta dans le dernier cercle. Un tir superbe. Colin Jago posa l'extrémité de son arc sur la pointe du pied avant de déclarer :

– Vous l'avez compris, nous sommes tous différents, certains sont puissants, d'autres sont précis à courte distance. Certains sont patients… (il se tourna vers le fils de l'aubergiste qui baissa les yeux)… d'autres moins. J'ai besoin de vous tous. J'ai surtout besoin que vous deveniez meilleurs, mes gaillards !

Il parcourut du regard les rangs des jeunes archers.

– C'est bon pour aujourd'hui. Allez chercher les oriflammes, on rentre.

Les mots du maître de l'arc résonnaient sous le crâne de Josselin sans doute aussi parce que Jago les répétait inlassablement. Les jours, les semaines, les mois passaient…

Le fils Trehel avait l'impression d'avoir tout enduré. De longues et éprouvantes marches chargé de matériel, des gardes sur les remparts dans la pluie et le froid. Il avait couru, sauté, soulevé des poids, grimpé le long des remparts avec une corde… Il y avait eu tant d'épreuves de force, de vitesse, d'habileté qu'il n'en faisait plus le compte. Il ne rentrait plus à l'auberge que pour prendre du linge, ne voyait plus Armel que rarement, et celui-ci lui manquait.

Ce matin-là, le maître de l'arc les réveilla plus tôt que d'habitude et les fit courir, encore somnolents, sur le chemin de ronde avant de les conduire vers la grève. Ils rejoignirent l'Islet, un îlot rocheux où se dressaient les gibets de Saint-Malo.

Le ciel était bleu et un soleil obstiné chauffait le sable. Le mois de juin serait bientôt là et il s'annonçait chaud.

Un corps se balançait au bois de justice environné de corbeaux que leur arrivée bruyante chassa. Josselin détourna le regard et rejoignit ses compagnons au pied des rochers.

Les jeunes gens, essoufflés, s'alignèrent en plein soleil, avec leurs cottes de mailles, leurs casques, leurs épées et leurs sacs de flèches.

À l'abri du vent, il faisait aussi chaud qu'en juillet.

Sous son épaisse chemise matelassée, le fils Trehel sentait la sueur couler. La chaleur ne semblait pas affecter Colin Jago qui les observait, campé au-dessus d'eux dans une posture désormais familière, la pointe de son longbow posée sur le bout de sa botte. Son impassibilité, comme en maintes occasions depuis qu'il les entraînait, renforça le respect que le jeune homme lui vouait déjà.

– Laissez vos arcs sur un rocher, ordonna Jago. L'entraînement commencera par une course à la flèche. Non, garde ton équipement ! ajouta-t-il à l'intention de Guillaume qui ôtait déjà son vêtement.

Le garçon grommela et le maître l'entendit.

– L'ennemi ne t'attaquera pas au jour et à l'heure de ton choix ! Ni dans le costume que tu auras choisi ! Et si cela vous déplaît, les gars, cela ne sera pas seulement avec les cottes de mailles et les gambisons que vous courrez, mais avec le fer de vos brigandines !

Les murmures se turent aussitôt. Les jeunes gens savaient que leur chef ne plaisantait pas avec la discipline. La menace de les faire galoper avec ces sortes d'armures les avait calmés. Josselin rajusta son équipement qu'il avait commencé à délacer.

– Les casques aussi !

Il se couvrit la tête de sa cale de tissu et décrocha son casque de sa ceinture. Un coup de coude dans les côtes le fit sursauter. C'était Guillaume.

– Mouille-le ! souffla ce dernier en humectant le morceau de tissu avec l'eau de sa gourde avant de le mettre sur ses cheveux et de caler son casque dessus. T'auras moins chaud.

– Merci.

Dès leur première rencontre aux Champs-Vauverts, Guillaume avait choisi le fils Trehel pour ami, réussissant à vaincre ses réticences par une cordialité et un enthousiasme désarmants. Ils formaient maintenant, avec Perrin, une sorte de trio, unis face aux autres, s'entraidant lors des épreuves ou des nombreux affrontements qui ponctuaient la vie au poste.

Pour Josselin, c'était la première fois qu'il avait des amis de son âge et même si ces deux-là le traitaient souvent de « taiseux », il s'habituait à leur compagnie et en venait même à la rechercher.

Il n'avait pas fini de s'équiper que la première flèche de Jago s'envolait déjà. Il l'avait décochée sans prévenir. Le projectile se planta dans le sable à une centaine de toises. Josselin partit le premier, mais gêné par son épée mal fixée, se fit rattraper par Louis, Henry Davy et Elyot. Il ralentit encore. Il ne devançait plus que Guillaume, trop lourd, qui s'enfonçait dans le sable.

Il revint, haletant, à son point de départ pour entendre le maître féliciter le vainqueur :

– C'est bien, Louis !

Sauf au tir où Josselin arrivait souvent à le détrôner, Louis les surpassait tous. Fils d'un capitaine armateur, il se vantait de sa bourse pleine et de ses habits neufs, regardant les autres de haut. Dès le début, le fils Trehel et lui s'étaient détestés. Le temps passé n'avait rien arrangé à l'affaire. Louis n'avait pas essayé de se faire des amis et d'ailleurs il n'en avait aucun au sein du groupe.

Josselin rattacha son épée à sa ceinture, en maugréant. Il savait qu'il aurait pu gagner cette course s'il l'avait fait avant. Louis les défiait du regard. Il murmura même un « mauviettes ! » que pour son malheur Guillaume entendit. C'était compter sans le tempérament sanguin de celui que tous surnommaient le Sanglier.

Guillaume se jeta sur lui et ils roulèrent à terre. Écrasé sous le poids de son adversaire, frappé aux côtes et au visage, incapable de rendre un seul coup, Louis se débattait comme un diable, le visage contracté, rouge de colère. Les archers entourèrent les combattants, encourageant celui qu'ils considéraient comme leur champion.

– Allez le Sanglier !

– Écrase-le !

– Cogne !

Il fallut que Jago saisisse Guillaume par le col.

– Suffit, mon gars ! ordonna-t-il de sa voix calme.

Tous s'écartèrent. Le Sanglier se redressa à contre-cœur, le visage en sueur. Le silence se fit dans les rangs.

– Pas de bagarres entre vous. Nous faisons partie d'un même corps. La prochaine fois, Guillaume, je te fais tâter des geôles du vieux château. Ça te calmera. Vous entendez, vous autres ? C'est valable pour vous aussi.

– Oui, maître, répondit Josselin en même temps que ses compagnons.

– Rien de cassé ? ajouta Jago en se tournant vers Louis qui fit un signe négatif de la tête.

Il avait la pommette tuméfiée et l'air furieux.

– Serrez-vous la main.

Guillaume obéit, Louis hésita et prit la main tendue sans regarder celui qui lui faisait face.

– Et maintenant, tout le monde là-haut et vite ! s'écria Jago.

Louis secoua le sable de ses vêtements, Guillaume soupira en regardant la butte. Il allait falloir escalader l'Islet. Josselin partit en tête et fonça, sautant de rocher en rocher. Seul Perrin pouvait rivaliser avec lui. Léger et rapide, il allait dépasser le fils Trehel quand son pied se posa de travers sur une roche couverte d'algues. Il glissa en poussant un juron et amortit sa chute avec ses mains. Il se redressa aussitôt, regardant ses doigts barrés d'une longue estafilade. Leurs regards se croisèrent. Ils savaient tous deux que cette blessure le gênerait au tir pendant plusieurs jours.

Josselin acheva la course en tête, suivi de près par Elyot qui ne put s'empêcher de se moquer du malheureux Perrin, incapable de récupérer son avance. Guillaume, gêné par sa lourde stature, arriva bon dernier.

Trehel reprit son souffle. D'où il était, il voyait la formidable silhouette du château neuf toujours en travaux. Profitant de la marée basse, les charrettes des marchands allaient et venaient sur la grève, entre Paramé et la porte Saint-Thomas.

– Allez boire, ordonna Jago, puis vous récupérerez vos arcs.

Josselin, qui s'était assis à côté de Perrin, se pencha vers lui.

– Ça va ta main ? demanda-t-il.

– Oui, répondit son compagnon en la dissimulant. C'est rien du tout. Ça va passer.

Le fils Trehel avait eu le temps d'apercevoir la chair tuméfiée et la peau arrachée par endroits. Il n'insista pas et avala une gorgée d'eau de sa gourde en terre.

– Allez, on bouge ! fit Jago, désignant un endroit au pied de l'Islet.

– Vous autres, faites un tas de sable de ce côté-là ! Josselin, va chercher la cible.

Le fils de l'aubergiste obéit avant de rejoindre ses compagnons pour confectionner la butte d'entraînement. Bientôt, le monticule vers lequel ils allaient tirer fut achevé, la cible en place.

Josselin inspecta son arc, caressa le bois et termina

par les extrémités. Ensuite, il vérifia la corde et les boucles de fixation. Tout était parfait, il sortit le petit pot de cire et de pois qu'il portait dans une bourse à sa ceinture, appliqua la pâte en frottant la corde avec un vieux chiffon.

— Tout le monde est prêt ? fit Jago.

Ils l'étaient.

— Prenez vos flèches et mettez-vous en position.

Le fils de l'aubergiste alla s'aligner avec les autres sur la plate-forme en haut de l'Islet, bandant son arc. Tirer vers le bas était toujours plus difficile et, dès la première volée, la plupart des flèches se fichèrent dans le sable.

— Arrêtez ! ordonna aussitôt Jago, mécontent. Mettez-vous trois par trois. Vous tirerez deux flèches chacun.

Josselin laissa son tour aux autres.

Il n'avait jamais reproduit l'erreur du début. Dorénavant, il prenait son temps, se concentrant davantage. Les tirs reprirent et seules trois flèches touchèrent au but mais aucune n'avait été tirée par le même archer. Il s'avança enfin. Guillaume et Louis à ses côtés.

À l'instant où il calcula la distance, tout ce qui ne faisait pas partie du tir s'effaça.

Il encocha, le regard fixé sur la cible, estimant la force du vent qui se levait. Il faisait moins chaud. Les bruits s'estompaient. Un grand calme l'envahit. La flèche de Guillaume disparut dans la butte de sable.

Celle de Louis se ficha sur le cercle extérieur de la cible et la sienne se planta à une main du centre.

– Tu es bien le fils de ton père ! murmura Jago qui l'avait rejoint.

Un court instant, cette remarque déconcentra Josselin. Le second tir de Guillaume fut si puissant que son projectile traversa la cible et réveilla l'envie du fils Trehel d'être le meilleur.

Louis, qui prenait son temps, tira de nouveau. Sa flèche vibrait encore lorsque celle de Trehel se planta près du centre.

Josselin était le vainqueur ! Un frisson le parcourut. Il se sentait invincible. Il était plus fort qu'eux tous… C'est du moins ce qu'il pensait lorsque trois flèches successives se plantèrent au centre. Il leva les yeux vers Jago. Il lui en voulait, et en même temps, reconnaissait qu'il n'y avait pas de tir plus beau que celui-là. Guillaume posa la main sur son épaule. Perrin lui sourit. Une fois de plus, Jago venait de démontrer qu'il était le maître de l'arc !

9

Le mois de septembre était venu et les grandes marées approchaient… tout comme le concours final.

Ce matin-là, Josselin attendait la relève sur le chemin de ronde. Il avait froid et ne rêvait que de rejoindre la chaleur du poste de garde. L'aube pointait, une lueur indécise soulignait déjà les contours des bateaux échoués, leurs mâts dressés vers le ciel, les canots posés sur la vase. Le jeune Trehel faisait les cent pas, essayant en vain de se réchauffer.

La sonnerie des trompes des maîtres-chiens le fit sursauter. Les dogues lâchés la nuit autour des remparts regagnaient leur chenil. Trois longs coups résonnèrent encore, puis quelques jappements et le silence retomba, juste troublé par le grondement lointain de la marée montante.

Bientôt, les flots grimperaient à l'assaut des murailles et Saint-Malo redeviendrait une île.

Josselin se figea : il avait entendu un aboiement. Il fouilla l'obscurité du regard. L'aboiement se répéta. Il ne lui fallut pas longtemps pour apercevoir deux chiens qui filaient sur la grève… et un homme entièrement nu qui sortait de l'eau. C'était si incongru que Josselin douta de lui-même. Puis tout alla très vite. Le nageur avait repéré les molosses et il se mit à courir vers la poterne de la Blatterie.

L'archer savait qu'il n'arriverait pas jusqu'à la porte basse. Personne n'échappait jamais aux crocs de ces satanés dogues.

Comme la plupart des Malouins, le jeune gars craignait ces bêtes fauves qui, pendant tant d'années, avaient peuplé ses cauchemars.

Les dernières ombres s'effaçaient, le ciel se teintait d'or mat. L'inconnu avait fait volte-face avec un courage que Josselin lui envia. Au lieu de s'enfuir, l'homme poussa même une sorte de cri de guerre, défiant les chiens qui s'arrêtèrent, surpris. L'inconnu ne ressemblait pas aux voleurs ni aux espions, ces « marcheurs de la nuit » qui tournaient parfois autour des bateaux chargés de marchandises.

Josselin encocha une flèche et hésita, ne sachant quel parti prendre.

Allait-il laisser cet homme se faire dévorer comme un vulgaire quartier de viande ? Il n'eut pas le temps de se décider. L'un des molosses bondit mais le guerrier avait été le plus vif, lui enfonçant une lame dans le poitrail.

Au cri de douleur de la bête poignardée répondit l'appel du guetteur du grand donjon. L'alerte était donnée. Dans quelques instants, les gardes se précipiteraient.

La bête s'affaissa dans la vase, le second dogue avait déjà esquivé l'arme, plantant ses crocs dans la jambe du malheureux avant de saisir son bras et de le lui broyer.

Le fugitif poussa un hurlement. Josselin banda son arc, ajustant son tir.

L'odeur du sang excitait l'animal qui, dressé sur ses pattes arrière, cherchait la gorge. Dans un ultime sursaut, le guerrier planta son fer et le remonta d'un coup. Le dogue s'effondra avec une plainte aiguë, ses pattes se raidirent : il était mort.

Lumière et couleur envahirent soudain la grève, le soleil se levant à l'horizon.

Le sang ruisselait sur le corps de l'inconnu qui vacillait. Pourtant il repartit, traînant la jambe, tenant serré contre lui son bras inerte. Il retournait vers la mer.

Josselin avait relâché la tension de son arc.

C'est alors que surgit un troisième chien, plus massif, plus lourd : le chef de meute. Une bête de cauchemar dont la toison grise et rase soulignait la musculature puissante.

L'homme entrait dans l'eau. Il n'eut que le temps de faire face. La bête était déjà sur lui et ils tombèrent dans les vagues, s'éclaboussant d'écume. Le molosse cherchait le visage de l'homme qui se débattait de plus en plus faiblement.

Le combat avait cessé. Le bruit des vagues et le sifflement du vent étaient revenus.

Au même instant, un gémissement lugubre retentit derrière Josselin. Une sueur glacée lui inonda l'échine. Il se retourna avec lenteur. Une ombre vêtue d'un mantel noir à capuche, une ombre qui aurait pu être la Mort elle-même, se dressait à quelques toises de lui et c'était d'elle que montait cette lamentation, ce cri de souffrance.

Il recula, effrayé, le cœur battant, la main serrée sur son arc.

La voix de Colin Jago résonna et, pendant un court instant, Josselin se détourna.

Quand il ramena son regard sur le chemin de ronde, l'ombre avait disparu.

10

– Que se passe-t-il ? répéta le maître de l'arc.

Josselin essaya de lui répondre, mais les mots ne sortaient pas de ses lèvres tellement il avait la gorge serrée. Il n'était pas superstitieux, pourtant cette apparition… Il y avait là un présage sinistre qu'en bon Malouin il ne pouvait ignorer.

Colin Jago scruta l'anse de Mer-Bonne, les bateaux échoués, puis son visage se durcit.

Il avait vu le cadavre. Son regard se braqua vers Guyon, le maître-chien, dont les bêtes, excitées par l'odeur du sang, tiraient sur leurs liens, malgré les coups de fouet et les jurons.

Jago gueula, les mains en porte-voix :

– Attache-les bien ! On arrive !

Josselin sentit ses muscles se raidir. Pour la première fois, il allait sortir de l'abri des murailles alors que les chiens rôdaient encore. Il tourna son regard vers le cadavre ballotté par la marée sur lequel s'acharnait toujours le chef de meute et frissonna.

– Prends ton arc et suis-moi ! ordonna Jago.

Le fils Trehel glissa trois flèches à sa ceinture, souleva le carquois à ses pieds et le jeta sur son épaule. Jago était déjà dans les escaliers. Il courut pour le rattraper.

Une fois à la poterne, son maître regarda autour de lui.

– Où est votre sergent ? demanda-t-il aux gardes.

– Je suis là, Jago ! tonna l'homme d'armes qui arrivait du vieux château. J'ai prévenu le capitaine Cendres.

Les pouvoirs de l'officier valaient ceux de l'évêque et du connétable.

– Les chiens ?

– Y a plus que ceux de Guyon. Les autres sont au chenil.

– Alors, ouvre-nous ! Ou bien y restera rien du rôdeur.

Jago se tourna vers le jeune archer.

– Encoche une flèche et reste derrière moi.

Le maître saisit sa dague et, d'un coup, Josselin retrouva cette peur irraisonnée qui le tenait depuis l'enfance.

Les hurlements sauvages des chiens du guet avaient baigné ses nuits. Combien de fois s'était-il réveillé en criant, rêvant qu'ils le dévoraient ? Les vieux racontaient tant de choses à leur sujet. Son père et Armel n'avaient pas été en reste d'ailleurs, lui expliquant que ces dogues étaient les mêmes que ceux qui, dans les temps anciens, affrontaient les fauves dans les arènes.

Des bêtes féroces, rapides à la course, ignorant la peur et ne lâchant jamais leurs proies…

Et il allait se trouver face à eux.

— Tu es prêt ?

— Oui, maître, fit-il, espérant que sa voix n'avait pas tremblé.

— Ouvrez ! jeta le sergent à ses gens. Le temps de rassembler mes gars, et on vous rejoint.

Le maître hocha la tête. Le jeune archer envia son calme et son assurance.

La lourde barre enlevée, la porte s'ouvrit et se referma si rapidement que Josselin se retrouva à l'extérieur sans avoir eu le temps d'y penser. L'odeur mêlée de sel, de vase et d'algues, cette odeur qu'il aimait tant, le submergea. Il se concentra sur son arc, sur cette sensation de puissance qu'il éprouvait à chaque fois qu'il le prenait en main et s'apaisa lentement.

Les dogues de Guyon étaient attachés à un pieu d'amarrage, non loin de la poterne. Les pupilles étrécies, les babines retroussées découvrant d'énormes crocs, ils s'étranglaient à chaque fois qu'ils s'élançaient dans leur direction. Là-bas, le chiennetier marchait d'un pas décidé vers le chef de meute.

Après avoir fait le tour des canots échoués, Jago et l'archer dépassèrent un navire normand, le *Saint-Georges*, puis se dirigèrent vers la caravelle portugaise, le *São João*, ancrée là depuis quelques jours. La mer léchait déjà les coques posées sur la vase. Mais

Josselin n'avait d'yeux que pour le dogue vers lequel le maître-chien avançait toujours. Jago leva sa dague.

L'énorme bête restait campée au-dessus de sa proie qu'elle surveillait comme si elle pouvait encore lui échapper. Le fouet de Guyon claqua, mais l'animal ne montra aucun signe de soumission.

– Dégage de là, t'entends !

Un sourd grondement lui répondit. La bête se ramassa sur elle-même, son mufle dégoulinant de sang et de bave. Guyon n'avait pas ralenti. Il savait que sa vie en dépendait. S'il montrait la moindre crainte, non seulement le fauve l'attaquerait mais plus aucun autre chien ne lui obéirait.

Son fouet se leva de nouveau, laissant une traînée sanglante sur le poil gris. Il saisit le gourdin glissé dans sa ceinture. Sur un signe de Jago, Josselin banda son arc.

Le maître-chien asséna un coup sur la tête de l'animal puis, avant que celui-ci n'ait pu réagir, lui jeta un nœud coulant autour du col qu'il serra de toutes ses forces.

– Maudite bête ! grogna-t-il, les veines de son cou se gonflant sous l'effort.

Au lieu de se calmer, le chien découvrit ses crocs. Il s'en fallut de peu qu'il n'arrache la main qui le tenait. Le visage tordu, furieux, Guyon le frappa à coups redoublés, jusqu'à ce que le molosse s'affaisse, blessé ou mort.

Le souffle court, l'archer abaissa son arc.

– Approchez, fit Guyon. Je vais lui sangler la gueule.

Jago remit sa dague au fourreau. La bête poussa une plainte lugubre.

– Ne bouge pas, Josselin, et garde ta flèche encochée.

Non sans mal, le chien s'était remis sur ses pattes. Il vacillait. Guyon tira sur la corde, le menaçant de son gourdin. Il obéit, dompté.

– T'aurais jamais dû te retourner contre moi, grommela l'homme. Maintenant, je vais devoir te tuer. Et ce maudit voleur qui m'en a massacré deux autres !

Il s'éloigna, entraînant l'animal derrière lui, et disparut bientôt derrière l'angle du rempart.

Le maître de l'arc examinait le cadavre.

Josselin souffla enfin, relâchant la tension de son arc, et c'est en s'étirant qu'il aperçut l'objet à demi enfoui dans le sable.

Il se pencha pour le ramasser. C'était un pendentif de corne blanche couvert de signes étranges, doux comme un galet poli par les marées. Sa forme évoquait un croissant de lune. Un lien de cuir rompu était noué à l'une de ses extrémités.

Il ramena son regard vers les dépouilles des chiens. Dans l'eau rougie, flottaient des viscères que survolaient déjà de grands corbeaux. La nausée le prit par surprise, il se plia en deux pour vomir, souillant ses braies et ses bottes. Quand il se redressa, essuyant son menton d'un revers de main, le sergent arrivait, suivi de ses hommes.

Josselin s'approcha. Le rôdeur flottait sur le ventre. Son dos et ses jambes n'étaient plus qu'une vaste plaie, son bras était en bouillie. L'archer avala sa salive. Jago saisit le cadavre aux épaules et le retourna.

— Il s'est bien défendu le bougre, marmonna-t-il. Un homme armé d'un couteau qui tue un dogue, c'est pas fréquent, alors deux…

— Ça devait être un sacré combattant, approuva le sergent qui venait de les rejoindre. Mais regarde donc ce drôle, il a pas plus de poil sur le corps que y en a sur le menton d'une fillette !

— Viens m'aider ! ordonna Jago en s'agenouillant.

Josselin glissa la lune de corne dans sa bourse et obéit. Jago lavait le visage du mort à l'eau de mer. Le jeune archer resta les bras ballants à le regarder faire, à la fois fasciné et rebuté.

L'inconnu ne ressemblait pas aux gens d'ici. Sur sa musculature longue, sans une once de graisse, étaient dessiné d'étranges entrelacs. Sa peau avait la même couleur dorée que celle des marins revenant des îles. Enfin, le sergent avait raison, son corps était aussi lisse que l'objet qu'il venait de ramasser. Même son crâne était rasé, dégageant très haut son front et ne lui laissant d'épais cheveux noirs que sur la nuque. Mais le plus insolite était la pierre verte qu'il portait, enchâssée dans sa lèvre inférieure.

La nausée le reprit d'un coup.

— Je crois savoir qui c'est, déclara Jago. Rappelle-toi ce sauvage sur le gaillard d'arrière du bateau de Jacques Cartier quand il est rentré au port.

— Vous avez raison, Jago, c'est bien lui, approuva le capitaine Cendres qui venait de les rejoindre. C'est l'Indien du Brésil !

11

Le capitaine Cendres avait fait enlever le corps de l'Indien et les maîtres-chiens étaient venus avec leurs aides chercher les dépouilles des dogues. Sur les remparts, les archers du matin avaient remplacé ceux de la nuit…

En ville régnait une singulière agitation. Deux nouveaux bateaux, affalant leurs voiles, venaient de rentrer du grand banc des Terres Neuves. Les femmes et les enfants avaient couru vers l'anse de Mer-Bonne. Les séchoirs avaient été dressés pour y aligner les poissons. Leur odeur flottait déjà dans l'air et rien, pas même le vent, ne pourrait la chasser. Une odeur qui allait coller à la ville pendant des mois.

Pour la plupart des Malouins, ce qui était arrivé ce matin-là sur la grève semblait déjà oublié. On fêtait le retour des marins, on priait pour ceux que la mer avait pris. La mort d'un Indien n'était pas grand-chose, sauf pour le capitaine Cendres, qui avait décidé de faire examiner son cadavre par le barbier-chirurgien.

Il était midi passé quand Jago et ses recrues regagnèrent leur baraquement non loin de la Grand-Porte.

Il ouvrit le battant et s'arrêta sur le seuil, laissant la lumière du soleil pénétrer dans la bâtisse. Les seuls bruits étaient les ronflements sonores de trois jeunes gars vautrés sur leur paillasse.

Jago poussa les volets.

– Debout là-dedans ! ordonna-t-il.

Josselin grogna et s'étira. Il avait l'impression de s'être couché depuis quelques minutes à peine et déjà il fallait se lever. À côté de lui, Perrin et Elyot ronflaient encore.

– Debout, les archers de nuit ! répéta Jago.

Cette fois, il fallait vraiment se lever. Perrin grogna et s'assit. Elyot ouvrit les yeux. Le fils de l'aubergiste se dressa, attrapa une chemise et, pieds nus, aida ses deux compagnons à empiler les paillasses dans un coin. Pendant ce temps, les autres dressaient la longue table à tréteaux qui servait autant aux repas qu'à l'entretien des armes.

– Allez vous décrasser ! ordonna le maître.

Juste vêtus de leurs braies et de longues chemises de toile, les archers de nuit filèrent vers le tonneau qui servait à la toilette. Josselin se déshabilla, passa le savon de suif et de cendres à Perrin qui se nettoyait en frissonnant. Enfin, il se frotta les dents avec un morceau de tissu râpeux. Perrin lui tendit un cruchon d'eau mêlée de vinaigre avec lequel il se rinça la bouche.

Le plus costaud d'entre eux, Elyot, faisait jouer ses muscles, indifférent au froid, se moquant de Josselin qui grelottait et de Perrin dont la peau bleuissait.

– Poules mouillées! Chiens malades! s'écria-t-il, moqueur. Même ma petite sœur vaut mieux que vous!

Pressés d'en finir, les deux autres ne répondirent pas. Quelques instants plus tard, frissonnants, ils rentraient au baraquement. Aux murs étaient suspendus épées courtes, boucliers et sacs à flèches. Sur le sol de terre battue s'alignaient les râteliers portant les arcs et les coffres qui contenaient l'équipement. Jago avait ouvert le garde-manger, sortant du pain, des oignons crus et des terrines qu'il posa sur la table.

Sans se soucier des quolibets, les jeunes gens enfilèrent rapidement des vêtements propres, se chaussant de bottes de cuir.

– Jamais vu une peau si blanche, sauf chez l'Étiennette! se moqua Henry Davy, ce fils de bourgeois avec lequel Josselin s'accrochait souvent.

Il y eut quelques plaisanteries, des rires. Après les moqueries d'Elyot, c'en était trop! Le jeune Trehel sentit le sang lui monter à la tête. Furieux, il attrapa l'autre par le col.

– Et toi, gronda-t-il, t'es qu'un gâte-métier! Un cure-chaudron! Une écrevisse de rempart…

– C'est point l'heure de causer! le coupa Jago auquel les insultes arrachèrent un sourire. À table, les gars!

Josselin hésita, puis lâcha Henry. Les rires s'éteignirent. Il s'assit à côté de Guillaume qui s'écarta pour lui laisser la place. Les miches de pain passaient de main en main. Le sang cognait encore aux tempes du fils Trehel, ses mains tremblaient.

– « Écrevisse de rempart », j'aime bien ! lui souffla son voisin, un large sourire aux lèvres. Henry l'a bien mérité. Quant à l'Étiennette, c'est vrai qu'elle est une fille à tout le monde, mais si elle voulait bien de moi, même pour un baiser, je dirais pas non…

Josselin hocha la tête, déchiquetant son morceau de pain à furieux coups de dents. Assis au bout de la table, Jago mangeait en silence. Quand il eut fini, il se dressa, repoussant son tabouret.

– Allez, rangez-moi tout ça ! ordonna-t-il. Habillez-vous pour l'entraînement et plus vite que ça !

Les archers se levèrent aussitôt, se précipitant vers les coffres et les râteliers pour saisir leurs équipements. Josselin aida Perrin à enfiler son haubergeon, cette lourde tunique de mailles s'arrêtant au-dessus du genou, et il laça son gambison, l'épaisse chemise matelassée qui se portait dessous. Bientôt, les dagues et les épées furent glissées aux ceintures. Ils attrapèrent casques, arcs, sacs à flèches. Seuls les petits boucliers ronds qui servaient parfois d'armes de poing restèrent suspendus à leurs crochets.

En rang par deux, les jeunes gens remontèrent les rues de la ville en silence, passant devant la cathédrale Saint-Vincent puis devant l'hôpital Saint-Thomas avant de sortir en bon ordre par la porte du même nom. La grève était inondée de soleil. Guillaume, qui marchait à côté de Trehel, murmura soudain :

– C'est vrai qu'il y a eu mort d'homme, ce matin ? Et que t'as tout vu ? C'est les dogues ?

Josselin ne répondit pas. Il ne souhaitait qu'une chose, oublier la mort du guerrier, la fureur des dogues et sa propre peur.

— S'il y a bien quelque chose qui m'effraie, c'est ces satanées bêtes ! poursuivit son compagnon. Quand je les entends hurler, j'en ai des frissons par tout le corps.

— Pourquoi tu m'as rien dit ? ajouta Perrin.

— Pas envie d'en parler.

— Remarque, fit Perrin, je te comprends, voir un homme se faire déchiqueter...

La voix de Jago les ramena au présent.

— Au galop, les gars !

12

Les archers avaient quitté la grève en fin d'après-midi.

L'entraînement avait été rude, les corps étaient fatigués et plus personne ne songeait à plaisanter. Arrivés devant leur baraquement, suivant un rituel toujours identique, ils avaient ôté le sable de leurs cottes de mailles, nettoyé à l'eau douce leurs bottes qu'ils avaient mises à sécher avant de rentrer d'un pas pesant dans la salle basse.

– Et maintenant, votre matériel, bande de fainéants, avait dit Jago, voyant que certains d'entre eux lorgnaient les bancs. Josselin, viens là.

Le fils de l'aubergiste obéit, vaguement inquiet.

– Tu n'étais pas assez concentré aujourd'hui, pas assez sur ton tir. Pourtant, si tu corrigeais tes défauts, tu pourrais devenir aussi bon et peut-être même meilleur que ton père.

– Mon père ? Mais c'est pas un archer, mon père ! protesta-t-il.

Jago parut surpris, puis son visage se rembrunit et il ajouta :

– Pose-lui la question.

Le maître hésita comme s'il voulait ajouter autre chose, puis il haussa les épaules.

– Allez, retourne avec les autres.

Josselin obéit. Il rapprochait les paroles de Jago de celles d'Armel, quand celui-ci lui disait que Jehan avait ses raisons pour ne pas vouloir qu'il devienne archer. Qu'aurait-il dû savoir ?

– Tiens, fit Perrin en lui tendant un longbow. Je crois qu'il est bien, mais jettes-y un œil.

Après l'entraînement, il fallait vérifier si le bois des arcs, le plus souvent de l'if, mais aussi de l'orme ou du frêne, n'avait subi aucun dommage. Ensuite, chaque flèche était contrôlée, ils mettaient à part celles qui s'étaient déformées, changeaient les empennages, des plumes prises au bout de l'aile des oies. Enfin, il y avait les cordes de chanvre qu'ils ôtaient avant de ranger les armes sur leurs râteliers.

Une fois la besogne achevée, Josselin alla aider Guillaume et Perrin à dégager la table. La journée avait été longue, son estomac gargouillait et il aurait tout donné pour un morceau de pain. Ils n'avaient pas fini qu'une large silhouette franchit le seuil.

C'était son parrain, Étienne Deslandes.

– Puis-je entrer ? fit ce dernier.

– Je vous en prie ! répondit courtoisement Jago.

Le marchand fit un clin d'œil amical à son filleul avant de se frayer un passage jusqu'au maître de l'arc.

– Bien le bonjour, maître Jago.

– Le bonjour à vous, monsieur. Que nous vaut le plaisir de votre visite ?

– Ma foi, je suis si fier que celui-là soit des vôtres, fit Deslandes en désignant Josselin. Je me demandais si vous accepteriez un présent pour vous et vos hommes. Histoire de leur redonner des forces.

Il tapa dans ses mains et un serviteur apparut, portant un tonnelet de vin.

– Laissez-le passer, vous autres ! Merci à vous, maître Deslandes. J'accepte volontiers, mais en échange, faites-nous l'honneur de partager notre repas.

– Ma foi, c'est pas de refus, répondit le négociant en s'asseyant à la place qu'on lui désignait.

– Vous avez des bateaux de retour des Terres Neuves, observa Jago tout en sortant du pain de la réserve.

– Ma foi, oui, deux hourques. Un peu de travail pour mon commis aux écritures.

Les archers s'écartèrent de nouveau pour laisser passer la fille de Jago.

Fraîche et vive, celle-ci ôta sa cape et, comme à chaque fois, Josselin ne put s'empêcher de l'observer. Sa taille fine était soulignée par le bustier d'une robe de toile verte, ses cheveux blonds, tressés en une longue natte, descendaient jusqu'au creux de ses reins.

Guillaume s'empressa de s'emparer des paniers qu'elle venait de poser à ses pieds.

– Laissez damoiselle, c'est bien trop lourd. Où dois-je les mettre ?

– Sur ce coffre. Merci, Guillaume Galay.

Elle connaissait leurs noms et prénoms et s'amusait à les voir s'empourprer quand elle les prononçait.

– Voyez les gars, comme il fait l'aimable, notre sanglier, s'écria Elyot, moqueur.

Son rire s'étrangla dans sa gorge en voyant Guillaume se retourner, l'air mauvais.

Sans se troubler, Anne se glissa parmi eux. Même si cela faisait trois mois qu'elle s'occupait des repas, ils étaient tous à la regarder, Josselin le premier, comme s'ils n'avaient jamais vu une fille de leur vie. Les ignorant, elle s'inclina gracieusement devant son père et le marchand qui lui rendirent son salut.

– Que nous apportez-vous, ma fille ?

– Une soupe avec du maquereau frais pêché, des morceaux de pain et du lard.

Elle sortit une marmite qu'elle posa sur le brasero. Une bonne odeur s'éleva bientôt. Guillaume, l'air rêveur, suivait chacun de ses gestes. Josselin s'installa sur l'un des bancs, Elyot et Colas sortirent cuillères et écuelles.

– N'avez-vous point faim ? fit la jeune fille en se tournant vers Jago.

– Si fait, ma fille, si fait, répondit le maître qui vérifiait le matériel posé sur les râteliers et rectifiait la position des arcs.

Il rejoignit son tabouret en bout de table. Anne

se signa, tous remercièrent pour le repas qui leur était offert, puis le silence retomba. La jeune fille fit le tour de la longue table, servant d'abord leur invité et son père, donnant à chacun trois louches de soupe et un morceau de poisson.

– Merci, ma toute belle, fit Henry Davy, sûr de son charme.

– Merci suffira, archer Davy ! Je ne suis pas et ne serai jamais votre « toute belle », répliqua-t-elle sèchement tout en se penchant pour servir Josselin.

Davy faillit répondre mais son regard croisa celui du maître et il baissa le nez sur son écuelle.

– Bien merci, damoiselle, répondit Josselin à son tour. Peut-être pouvons-nous passer la marmite nous-mêmes ?

– Cela ira, Josselin Trehel, je ne suis point si faible que je ne la puisse porter, répliqua Anne en le foudroyant de son regard bleu.

– Il n'y a point d'offense, damoiselle, bafouilla-t-il, plus troublé qu'il ne voulait l'admettre par le frôlement de son buste contre son bras. Je ne voulais pas…

Il se tut, ne sachant qu'ajouter. Anne refit une dernière tournée, distribuant le vin qu'elle coupa d'eau avant de s'asseoir enfin à côté de son père.

– C'est délicieux, remarqua Deslandes. Votre fille est fine cuisinière, Jago.

– Merci pour elle.

Anne, qui mangeait sans bruit, les yeux fixés sur

son écuelle, avait rougi et Josselin trouva que cela lui allait bien.

— Au fait, qu'est devenu cet homme qu'on a trouvé mort sur la plage, ce matin ? ajouta le marchand.

— On l'a conduit au vieux château.

— Paraît que c'est un… Indien, hésita Guillaume.

— Oui, c'est celui que le capitaine Jacques Cartier a ramené du Brésil.

— Je me souviens, reprit Deslandes. J'étais là quand il est rentré avec ses richesses étalées sur le château d'arrière de la nef. Cet Indien trônait au milieu, juste vêtu de ses plumes. Un fils de chef au dire de Cartier, qui l'appelait Itaminda. Pas un nom de chrétien, en tout cas.

— Mais toi, Josselin, t'étais sur le rempart de ce côté-là ce matin, s'écria Henry. T'as vu ce qui s'est passé ? D'où y venait ce gars ?

L'archer soupira, il lui répugnait de repenser à tout cela, et sans doute se sentait-il coupable de n'avoir pu sauver l'Indien.

— Il est apparu entre les navires normand et portugais, finit-il par dire.

— T'es sûr ? fit le marchand.

— Oui, mon parrain.

— Y paraît, ajouta Elyot, que Cartier l'avait logé chez lui, rue du Buhen. Comment a-t-il réussi à sortir de l'enceinte ?

— Mais oui, t'as raison, les portes étaient fermées ! s'exclama Guillaume.

— Comment a-t-il fait alors ?

— Ce n'était pas un homme comme nous. Peut-être possédait-il quelque pouvoir que nous ignorons ? ajouta Perrin, l'air inquiet.

Josselin avait maintes fois remarqué à quel point le fils du pêcheur faisait le signe de croix à tout propos. Le passage d'un corbeau, un nuage dans le ciel, la chute d'un objet devenaient de sinistres présages.

— S'il avait des pouvoirs, ça l'a pas protégé des crocs de nos chiens ! observa Elyot.

— Ne va-t-on pas nous accuser ? s'inquiéta Colas. Après tout, nous étions de garde cette nuit-là.

— Tu n'as vraiment rien vu d'autre, Josselin ? insista Henry.

Jago leva la main.

— Ça suffit, vous autres ! On dirait des vieilles femmes à caqueter sur vos bancs ! tonna-t-il. Et laissez Josselin tranquille. Nul ne vous accusera ni ne vous fera de reproches.

— Tout de même, conclut Perrin, moi je vous le dis, ce sauvage on n'aurait jamais dû le ramener ici. Paraît que c'est tous des sorciers dans ces pays-là !

13

– Enfin, sergent, tout cela est bel et bon, mais cela ne me dit pas comment cet Indien, qui était l'hôte de monsieur Cartier, s'est retrouvé sur la grève à l'aube ! gronda le capitaine Cendres, assis derrière une table couverte de registres.

Le visage mince surmonté d'une chevelure noire, le regard gris, l'officier fixait son subalterne. Mal à l'aise, le sergent contempla ses souliers avec une attention accrue.

– As-tu fait prévenir le barbier-chirurgien ?

– Oui, mon capitaine, mais…

– Quoi encore ?

– Monsieur Guillebon est à Dinan et ne sera de retour que demain matin. J'ai laissé le message à son commis.

Le capitaine se leva et se mit à marcher de long en large.

– Morbleu, rien ne va dans cette affaire ! Bon, récapitulons !

Il alla se réchauffer à un brasero placé au centre de la pièce. Malgré la chaleur de ce mois de septembre, la salle, basse de plafond, était humide et ses murs couverts de salpêtre comme le reste du vieux château.

— Je n'aime pas cette histoire de sauvage, mais j'aime encore moins que nos chiens l'aient dévoré. Je t'écoute, sergent, s'impatienta Cendres.

— Oui, mon capitaine. Hier donc, en début d'après-midi, monsieur Jacques Cartier a quitté sa maison de la rue du Buhen pour se rendre à Paramé avec sa femme et ses serviteurs. Il a laissé les lieux à la garde du vieux Michiel, un serviteur qu'il connaît depuis l'enfance.

— C'est tout ?

— Non, avant de partir, monsieur Cartier avait fait enfermer l'Indien dans le cellier.

— Quel est son nom, déjà ? Un drôle d'homme quand même, cet Indien, avec son corps lisse comme une statue de marbre et cette pierre enchâssée dans la lèvre.

— Ita… Itaminda, je crois, mon capitaine.

— Je ne comprends pas pourquoi monsieur Cartier est revenu avec lui du Brésil, murmura Cendres pour lui-même. Ce n'est ni un singe ni un perroquet. On aurait mieux fait de le laisser chez lui.

Il éleva la voix :

— De toute façon, cet Itaminda n'a pu sortir de la ville qu'avant qu'on ait lâché les chiens. Donc, c'était hier au soir, quand les portes étaient encore ouvertes. Et tu m'as dit que personne n'avait rien vu d'anormal ?

– Non, mon capitaine. J'ai interrogé les gardes aux portes, les guetteurs. Rien.

– Continue. Que s'est-il passé ensuite ?

– En revenant dans la soirée, monsieur et madame Cartier ont vu que la porte du cellier avait été fracturée et que l'Indien avait disparu. Le serviteur restait sourd à leurs appels. Ils ont fini par trouver son corps sans vie dans la cave.

Le capitaine réfléchissait.

– Pas de vol ? Ni de dégâts dans la maison ?

– Non. Y a plus grand-chose à dire, mon capitaine. Ce matin, l'alerte a été donnée par un guetteur qui a vu l'Indien courir sur la grève.

Les yeux gris s'étrécirent.

– Courir, dans quel sens ?

– Pardon, monsieur ? s'étonna le sergent.

– Dans quel sens courait cet Indien ? Vers les remparts ou vers la mer ?

– J'ai point pensé à ça… Je sais pas, mon capitaine.

– Eh bien, renseigne-toi, bougre d'âne ! Et je veux savoir pourquoi Jago était le premier sur les lieux.

– Paraît que c'est un de ses jeunes archers qu'a vu ce qui se passait avant notre guetteur.

– Et c'est maintenant que tu me le dis ! Quel archer ? Son nom ?

– Je sais point…

Cendres réfléchissait.

– C'est vrai qu'il y avait un jeune gars avec lui sur la grève. Va chercher Jago. Il faut que je lui parle.

Le capitaine retourna près du brasero et tendit les mains vers les braises qui rougeoyaient.

– Va ! fit-il en congédiant le soldat.

14

La journée avait été longue et Jago avait autorisé ses archers à rentrer chez eux saluer leurs familles. Tous sauf Guillaume, dont le père était avitailleur à Nantes, étaient partis.

Fatigué, un sac de linge sale sur le dos, Josselin se dirigea vers la rue de la Vicairerie. Il marchait lentement, pensif, cherchant comment formuler la question qu'il voulait poser à Armel, quand apparut l'enseigne du Lion Vert. Il détailla avec plaisir la bâtisse au toit couvert de roseaux. Les murs de pierres du rez-de-chaussée étaient surplombés d'un étage de bois et de torchis – celui des chambres – et d'un grenier où, gamin, il courait se réfugier quand son père élevait la voix.

En voyant Armel assis, somnolant sous le porche, Josselin réalisa que son ami n'était plus si jeune que l'homme qui avait franchi le seuil de l'auberge quelques années plus tôt. Cela le remua plus qu'il n'aurait su le dire. Admettre qu'un jour il disparaîtrait lui paraissait impossible. Il chassa ces pensées moroses et, caché derrière l'un des piliers, cria :

– À l'assassin, au meurtre !

Armel se réveilla en sursaut, se dressa avec une vivacité surprenante, sa dague à la main, prêt à en découdre, puis reconnut le fils de son ami.

– Maudit gars ! grommela-t-il en remettant sa lame au fourreau. Je devrais te corriger. J'aurais pu te blesser !

Comme Josselin éclatait de rire devant son air bougon, il le serra contre lui avant de lui donner une bourrade qui l'envoya rouler à terre.

– Ça riaude et ça tient même pas sur ses jambes !

Ils se bousculaient encore lorsque Jehan Trehel sortit de l'auberge.

– Eh bien, vous deux, on s'amuse, on rigole et le boulot y se fait pas !

Puis se tournant vers Armel :

– Y a du monde à servir ! T'es sorti pour te reposer mais, à ce que je vois, pour faire le fol, t'es plus fatigué ! Allez va ! dit-il en s'écartant pour laisser passer son ami.

– Le bonjour, mon père, fit Josselin en baissant la tête.

Son père l'impressionnait. Ce n'était pas seulement sa stature. Il avait les épaules larges et des bras puissants, mais aussi la distance qu'il maintenait entre eux, cette froideur à laquelle il ne s'était jamais habitué. Josselin ne savait pas, n'avait jamais su comment lui parler ni se comporter avec lui.

– Tu viens nous rendre visite ? Tout va bien au poste de garde ?

– La nuit a été agitée.

– Les dogues ont dévoré un homme, ce matin, y paraît ?

Le visage du jeune homme se rembrunit et la question qu'il n'avait pas eu le temps de poser à Armel lui revint. Oserait-il questionner son père, lui qui avait tant de mal à lui parler ?

– C'est vrai, mon père. J'y étais et j'ai tout vu.

– Guyon s'est soûlé pour oublier qu'il devait empoisonner son chef de meute. Allez, assez causé, puisque tu as un peu de temps, viens nous donner un coup de main !

En passant la porte, les épaules de son père frottèrent la pierre. À croire que l'ouverture avait été faite pour lui.

À peine entré dans la salle, l'attention du jeune homme fut attirée par la cheminée où crépitait un bon feu. Des volailles rôtissaient doucement et, à l'écart des flammes, sur un lit de braises, reposait une marmite où frémissait un ragoût dont la puissante odeur d'épices et de miel lui donna faim.

De Dinan jusqu'à Dol et même au-delà, le Lion Vert était réputé pour la saveur de ses fricandeaux, de ses pâtés, de sa raie au beurre noir, de son pain d'épices… L'auberge marchait bien. De l'avis de tous, c'était la meilleure de Saint-Malo. Josselin fouilla la salle du regard.

– Où est ma mère ?

– Là-haut ! répondit Armel. Elle prépare le couchage du capitaine Pancaldo et de son second.

Il lui désigna la table de l'équipage du *São João*, la caravelle portugaise en réparation dans l'anse de Mer-Bonne. On reconnaissait facilement les officiers portugais à leurs cuissardes, leurs pourpoints rouges parés de deux rangées de boutons dorés et à ces grandes capes dont ils rejetaient les plis sur l'épaule, dissimulant mal leurs longues épées.

En comparaison, les Normands du *Saint-Georges* qui se tenaient à l'autre bout de la salle avaient l'air de vagabonds avec leurs pieds nus, leurs pantalons courts et leurs pourpoints souillés. Le capitaine normand, grand, large, le cheveu blond, l'œil bleu, paraissait une brute.

– L'Ours, l'Ours, l'Ours ! braillait l'équipage du *Saint-Georges*, encourageant son chef engagé dans un bras de fer avec un gabier.

Le duel semblait mal engagé pour ce dernier dont la main tremblait au-dessus de la chandelle qui lui roussissait déjà les poils.

Les paris circulaient lorsqu'un jeune homme entra dans l'auberge. Râblé, habillé d'un pantalon court et d'une chemise, il cherchait quelqu'un et sursauta lorsque Pancaldo l'interpella dans un français teinté d'un fort accent :

– Hé, toi, viens par ici ! *Anda para aqui !*

– *Capitao Pancaldo !* répondit le garçon en s'inclinant.

– Que fais-tu ici ? Tu ne fais pas partie des charpentiers chargés de changer le bordé enfoncé ?

– *Sim capitao*, mais à c't'heure, la marée empêche le

travail, et puis j'ai fini ma partie, on m'a appelé sur un autre navire.

Le Portugais hocha la tête, l'autre le salua.

Attiré par l'échange, Josselin observa le jeune homme. Il l'avait déjà aperçu, occupé à calfater, à réparer des membrures… Il devait avoir son âge et quelque chose dans son regard lui plut aussitôt.

— Passaro! appela un pêcheur. Tu chercherais t'y pas ton boiteux de père?

— Oui, fit l'autre en se retournant.

— Jette un œil par là, y a quelque chose qui ressemble à un dauphin échoué.

Le charpentier passa derrière les Malouins venus arroser leur retour des Terres Neuves. Il se planta, ses larges mains posées sur les hanches, devant la paillasse de jeu sur laquelle était vautré un homme ivre mort dans lequel le fils Trehel reconnut le malheureux Roberto. Un habitué d'origine portugaise, lui aussi. Charpentier de marine de renom, il avait épousé une veuve et adopté son fils, lui donnant le prénom de Passaro. À la mort de celle-ci, il avait commencé à boire. Beaucoup trop pour garder la main ferme et trouver du travail sur les chantiers.

— *Levanta-te pai!* Allez le père, lève-toi! Faut rentrer maintenant, lui dit le jeune homme.

Pour toute réponse, Passaro n'obtint qu'un ronflement sonore.

— Debout Roberto, fit-il en secouant l'ivrogne.

L'autre ouvrit un œil.

– C'est toi ! répondit-il, d'une voix avinée. T'es v'nu m'chercher, mon petit ?

– Oui l'père. Allez viens, on rentre à la maison. *Vamos para casa.*

– Ça, j'le peux pas, répondit l'ivrogne. Déjà qu'avec ma patte folle, j'ai du mal, alors là, j'crois bien qu'ça va pas être possible, mon garçon, *meu filho.*

– Accroche-toi à mon cou, j'vais t'aider.

Dans la salle personne, sauf Josselin, n'avait prêté attention à ce duo, triste et tendre à la fois. Passaro venait difficilement de réussir à relever l'ivrogne lorsqu'il vit sa béquille et ses dés sur la paillasse. Il essayait de les rassembler avec son pied quand Josselin se baissa pour les récupérer.

– Je vais t'aider, proposa-t-il, en passant d'autorité un des bras de Roberto autour de son cou.

Ils traînèrent plus qu'ils ne portèrent leur fardeau à travers la salle sous les quolibets des Normands et les rires avinés des terre-neuvas.

– Josselin !

L'aubergiste les avait rejoints.

– Je l'aide juste à sortir.

– Après, tu iras voir ta mère et tu reviendras nous aider, ordonna Jehan avant de se tourner vers Passaro. Et toi, dis à ton père que s'il continue comme ça, je le laisserai plus entrer. Et puis, il me doit trop d'argent. J'en ai assez de lui faire crédit.

– Vous fâchez point, maître Trehel, je ne savais pas. Je vais revenir vous payer, répondit le charpentier.

Une fois dehors, il regarda Josselin.

– Merci de ton aide, souffla-t-il.

Ce dernier n'eut pas le temps de répondre. D'un coup de reins, Passaro chargea son père sur son épaule, s'éloignant à grands pas comme si l'ivrogne ne pesait pas plus qu'un enfant. Le jeune Trehel resta un moment à le suivre des yeux jusqu'à ce qu'ils disparaissent à un angle de rue, puis il rentra.

15

Non sans plaisir, Josselin retrouvait la maison de son enfance, son obscurité chaleureuse, ses bruits familiers… Il gravit les marches. Il savait lesquelles grinçaient et faisait exprès de peser dessus pour le plaisir de les entendre de nouveau. Gamin, les quelques chambres, occupées la plupart du temps par des officiers de marine ou des commerçants, étaient son terrain de jeu. La sienne était au bout du couloir, c'était la seule à avoir une fenêtre donnant sur le potager. De là, il apercevait le ciel et les grands oiseaux de mer que les tempêtes rabattaient vers les toits.

– Mère, où êtes-vous ?

– J'ai fini pour les Portugais, je suis chez toi, mon fils.

En quelques enjambées, il rejoignit la petite pièce dont la porte était grande ouverte. Sa mère se redressa et lui sourit. Vêtue d'une simple robe de toile recouverte d'un tablier bleu, elle avait déposé sur le lit une pile de vêtements propres.

Les cheveux très blonds remontés en chignon, les yeux gris, la peau fraîche, il paraissait impossible qu'elle ait jamais porté un enfant. Pourtant, Josselin lui ressemblait. Il avait hérité d'elle sa petite taille, ce teint pâle et cette minceur nerveuse qui le rendait si différent des autres. Mathilde Trehel était belle, d'une beauté fragile qui donnait envie de la protéger. Pourtant, jamais Josselin ne l'avait prise dans ses bras, jamais il ne s'était blotti dans les siens. Il avait appris très tôt combien tout contact lui était désagréable.

Elle n'esquissa pas un geste vers lui et il ne s'approcha pas.

Sur l'enfance de sa mère planait un mystère que le jeune homme n'avait pas réussi à élucider. Son père lui avait expliqué qu'elle était orpheline mais de petite noblesse bretonne. Ce dont témoignaient sa grâce naturelle, ses attaches fines et ce langage châtié qu'employaient peu les autres Malouines.

Elle désigna les braies et les chemises.

– J'espérais bien que tu passerais ces jours-ci.

– Merci, ma mère.

Tout en répondant, il détaillait sa petite chambre. Son renard de tissu posé sur la courtepointe de drap vert, le coffre que lui avait fabriqué Armel et, dans une niche creusée au-dessus de son lit, quelques trésors ramassés sur les grèves : galets, étoiles de mer desséchées, carapaces de crabes, os de mouettes… Cela le ramena à l'objet qu'il avait trouvé dans le sable près du corps de l'Indien. Il tâta la bourse qu'il portait à la ceinture, la lune de corne était toujours là.

– Tu as l'air soucieux, mon fils.

Un rayon de lumière passait par la fenêtre, jouant dans ses cheveux blonds. Josselin secoua négativement la tête ; pourtant ce qui lui trottait dans la tête depuis le matin jaillit soudain :

– Croyez-vous, ma mère, qu'on puisse voir la Mort comme nous nous voyons, vous et moi ? Qu'elle paraisse aussi réelle ? demanda-t-il, regrettant aussitôt d'avoir parlé.

Mathilde avait pâli et des plaques rouges apparurent sur ses poignets.

– Que veux-tu dire ? Explique-toi, fit-elle d'une voix où perçait l'angoisse.

– Vous savez comment je suis, ma mère, je dis des choses…, répondit-il, furieux contre lui-même. Tout va bien, je vous assure. Vous avez raison, je suis fatigué…

– Parle !

Elle n'aurait de cesse de savoir. Elle ne céderait pas, il le savait. Il lui raconta donc, sans lui donner de détails, le combat de l'Indien, s'attardant juste sur cette silhouette sombre qui s'était dressée sur les remparts, à côté de lui, et conclut :

– J'ai rêvé, voilà tout.

Mais il était trop tard pour la rassurer. Elle avait basculé dans un monde lointain auquel il n'avait pas accès.

– Et tu as cru que c'était la Mort, murmura-t-elle.

– Non, non, pas du tout ! Tout cela n'est dû qu'à l'épuisement de cette nuit de veille. J'ai rêvé, bien sûr.

Mais ses protestations restaient sans effet. Mathilde enfonça ses ongles dans sa paume, frissonna et, très pâle, elle jeta :

— Il arrive qu'ELLE apparaisse aux humains pour les avertir… Ah, mon Dieu, tu vas nous porter malheur ! N'avons-nous pas déjà été si éprouvés !

Et elle sortit précipitamment, le laissant planté là.

La gorge serrée, Josselin avala sa salive. Toute son enfance avait été bercée par les cris de terreur de sa mère. C'était trop pour lui, soudain. Il avait envie de retrouver l'ambiance chaleureuse du poste de garde, les plaisanteries d'Elyot, l'amitié de Perrin et de Guillaume.

Il remplit son sac de vêtements, fouilla dans son coffre pour prendre une corde de rechange et referma doucement. Des pleurs venaient de la pièce voisine. Il resta un moment immobile dans le couloir, hésitant à frapper. Il s'en voulait d'avoir parlé mais le mal était fait et il faudrait plusieurs jours avant que sa mère se calme. La tête basse, il redescendit vers la salle d'où montaient des cris et des rires.

L'Ours avait battu le gabier et provoqué un nouvel adversaire, le coude fermement planté sur la table. Les officiers portugais restaient calmes, buvant en silence, attentifs à ce qui se passait autour d'eux.

— Josselin, viens m'aider ! ordonna l'aubergiste qui tirait du vin au tonneau. Remplis-moi ces cruchons.

La voix de son père et les vociférations des buveurs qui tapaient sur les tables, réclamant à boire, tirèrent Josselin de son abattement. Le fils de l'aubergiste se hâta. Il remplit les pichets puis les coupa d'eau. Armel fila ensuite les porter aux joueurs qui lançaient dés et osselets sur des nattes.

– Père, vous connaissez bien Colin Jago, mon maître d'armes ?

– Comme tout le monde, éluda Jehan sans lever la tête de son ouvrage.

– Ce n'est pas ce qu'il m'a dit.

Mathilde était redescendue de l'étage, les traits défaits, l'air absent, le regard fixe. La voyant, son père entraîna Josselin dans la resserre voisine. Son ton s'était durci.

– Ne parle pas de tout cela devant ta mère. Oui, j'ai connu Colin lorsque nous étions gamins et, si tu veux le savoir, nous avons été francs-archers ensemble. Mais c'était dans une autre vie…

Josselin resta sidéré. Franc-archer ? Cette milice de tireurs d'élite ?

– Vous ne m'aviez jamais dit cela.

Il se tourna pour fouiller dans le garde-manger.

– Je ne te dis pas tout, mon fils.

Le jeune homme avait entendu tant de choses sur les francs-archers et certaines n'étaient pas à leur honneur.

– Est-il vrai, mon père, que certains d'entre eux sont devenus des vulgaires routiers, voire des assassins ?

Dans la pénombre de la resserre, il ne pouvait distinguer son visage.

– Vous ne répondez pas ?

– Ne laissons pas ta mère seule, grommela Jehan en attrapant un pain enveloppé dans un torchon. Elle n'a pas l'air bien.

L'aubergiste ressortit. Que lui cachait-il ? Josselin imaginait déjà le pire.

Dans la salle, le tumulte s'était calmé. Armel courait partout. Il était boiteux, comme il aimait à le répéter, mais pas cul-de-jatte !

– Vous saviez, mon père, que l'homme dévoré par les dogues était l'Indien que le capitaine Cartier avait ramené du Brésil ?

– Non, fit l'aubergiste en donnant la miche de pain à sa femme, qui la prit et la serra contre elle comme si c'était un nouveau-né. Mathilde, ma douce, vous allez bien ?

Son épouse ne répondit pas.

– Vous devriez remonter vous allonger un peu, insista-t-il.

Comme elle ne réagissait pas, il poussa son fils vers la salle.

– Va aider Armel. Je vais m'occuper de ta mère.

16

L'aubergiste avait fini par redescendre, le visage soucieux, les sourcils froncés. Au bout d'un moment, alors qu'ils étaient côte à côte, à remplir des pichets en silence, une voix forte que Josselin reconnut aussitôt pour être celle d'Étienne Deslandes, son parrain, retentit :

– Sais-tu, Jehan, qu'à Saint-Malo, on se fait assassiner aussi bien qu'à la cour des Miracles, à Paris ?

– Qu'est-ce que tu racontes ? bougonna Jehan Trehel.

– On a tué le vieux serviteur des Cartier et on a enlevé son Indien ! Reste à savoir qui et pourquoi ! Enfin, moi, j'ai ma petite idée.

Deslandes parlait haut et fort. C'était son tempérament et Josselin s'y était habitué. On disait son parrain heureux en affaires et malheureux en amour. Sa grande passion – il en parlait parfois quand il avait trop bu – avait été la fille du connétable des Granges, Catherine. Depuis le refus de cette dernière, même si les veuves et les filles à marier ne manquaient pas, il vivait seul.

Il était tout le contraire de Jehan, jovial, bon vivant, à rire de tout. Josselin l'aimait bien et pas seulement pour les cadeaux qu'il lui offrait. Le plus beau avait été l'arc mongol mais il y avait eu aussi des épices, des tissus et même, une fois, un singe si petit qu'il tenait dans sa main. Une bête aux grands yeux noirs, avec une longue queue, un pelage plus doux que la plus douce des fourrures, des oreilles surmontées d'un toupet blanc. L'animal était frileux et craintif. Sa mère lui avait confectionné de minuscules vêtements de laine, pourtant il n'avait pas supporté la rudesse des vents malouins et, au premier hiver, il était mort. Josselin l'avait enterré dans le potager familial, incapable de retenir ses larmes tant il s'était attaché à lui.

D'un geste affectueux, Deslandes passa les doigts dans les cheveux du garçon.

– Tu grandis. Te voilà bientôt un homme, mon filleul. Et ton maître d'arc a l'air satisfait de toi.

– Je l'espère, mon parrain.

– Revenons à l'enlèvement du sauvage ! fit-il, haussant de nouveau le ton, ce qui fit froncer les sourcils au père de Josselin dont la discrétion s'accoutumait mal des éclats de son ancien ami.

– Tu ne pourrais pas parler d'autre chose ? souffla Jehan. Personne s'y intéresse à ton sauvage. C'est pas un gars de chez nous !

Josselin savait qu'ils s'étaient connus enfants et

qu'alors leurs familles étaient unies. Mais ces dernières années, leur amitié s'était évanouie et il n'en restait plus que l'habitude qu'ils en avaient.

– Tu crois ça ? rétorqua Deslandes. (Puis plus fort.) On a tué le serviteur d'un coup de gourdin ! Et le vieux Michiel, conclut-il, c'était bien un Malouin, non ?

Il y eut des murmures d'acquiescement. Tous les regards s'étaient tournés vers lui.

– C'est comme je vous le dis. Et le capitaine Cendres, il va trouver le coupable. Il lâche jamais sa proie notre capitaine, vous le savez, vous autres. C'est un rusé.

Il parlait à la cantonade.

– Ça pour ça oui, un vrai renard ! approuva un joueur de dés qui avait eu maille à partir avec le capitaine de ville.

Les conversations s'étaient tues.

– Qui voudrait enlever un sauvage, vous allez me demander ? fit Deslandes en se plaçant au centre de la pièce. Surtout que celui-là, il était aussi nu que le plat de ma main ! À moins que ce soit pour lui voler ses plumes !

Il y eut des rires. Mais lui ne riait pas. Son regard s'arrêta sur les Normands.

– Je vais vous dire quelque chose que vous ignorez tous.

On aurait entendu voler une mouche.

– Paraît que cet Indien était un fils de chef ! Comme

qui dirait un prince dans son pays ! Un pays où le bois rouge des arbres vaut de l'or et où on ramasse des pierres précieuses comme vous et moi on ramasse des coques sur la grève !

Il y eut des « Oh ! » et des « Ah ! » d'émerveillement.

Josselin en avait entendu des récits de marins revenant de pays lointains mais, cette fois, il imagina ces contrées étranges aux forêts d'arbres écarlates, ces royaumes où les princes vont nus, sans autre vêtement que des plumes d'oiseaux multicolores, foulant aux pieds des joyaux qu'ici on ne trouve que sur les couronnes royales.

— Ce que vous ne savez pas, non plus, c'est que les Indiens du Brésil, s'ils ne s'entendent pas avec les Portugais, entretiennent, par contre, allez savoir pourquoi, d'excellents rapports avec les Normands. Or le *Saint-Georges*, ce navire armé par les Dieppois, est arrivé dans notre rade juste après le navire de Cartier…

Il marqua une pause, sûr d'avoir l'attention de l'assemblée, et acheva :

— Comme s'ils le suivaient.

— Étienne, avertit Jehan qui, depuis un moment, lui faisait signe de se taire. Tu devrais faire attention à ce que tu dis…

Il était déjà trop tard. L'Ours s'était levé et, en quelques enjambées, avait rejoint l'armateur.

— Que dis-tu ? Tu nous accuses ?

Malgré la stature impressionnante de l'homme du

Nord, Deslandes n'avait pas bronché, le défiant du regard.

– Je dis tout haut ce qu'on pense tous ici. Que venez-vous faire à Saint-Malo ? Pourquoi êtes-vous arrivés juste après le navire de Cartier ? Qui d'autre que vous avait intérêt à enlever cet Indien ? On sait que les Normands traitent avec les chefs indiens.

Étienne n'eut pas le temps d'éviter le poing du Normand. Il poussa un grognement sourd et tomba à la renverse parmi les tables. Il y eut un grand brouhaha. Josselin sentit qu'on l'attrapait par le col. C'était son père qui l'entraînait vers la porte de derrière.

Déjà, dans la salle, les Malouins s'étaient dressés. Les Normands avaient repoussé leurs bancs. Un matelot redressa l'armateur qui fonça, tête baissée, sur l'Ours. La bagarre devint générale. Seuls les Portugais ne se lancèrent pas dans la mêlée. Ils avaient quitté l'auberge.

Josselin n'en vit pas davantage, son père l'avait jeté dehors.

– File chercher le capitaine Cendres au vieux château, qu'il vienne avec ses hommes, ou ceux-là vont faire du petit bois de notre Lion Vert !

17

– Attends-moi là, mon gars, fit le capitaine, alors qu'ils arrivaient près de l'auberge.

Josselin s'immobilisa, fixant l'attroupement qui s'était formé. Des marins gisaient sur le pavé. D'autres, vacillants, essayaient de retourner à l'intérieur. On entendait un brouhaha, mélange de cris, de gémissements et de coups.

– Vous autres, sortez vos gourdins ! ordonna le capitaine à ses hommes. Et n'oubliez pas : c'est pas un champ de bataille ! Juste des gaillards qu'ont trop bu.

L'arrivée des gens d'armes, cognant sec et dur, calma vite les ardeurs de ceux qui résistaient encore.

– Rentrez chez vous ou vous finirez la nuit dans une geôle, mes gaillards ! s'écria le capitaine alors que les marins hésitaient encore, le visage tuméfié, les poings en sang.

Les Malouins tombèrent aussitôt d'accord pour quitter les lieux, partant bras dessus bras dessous vers une autre taverne.

Josselin s'avança sur le seuil et regarda à l'intérieur. La salle était ravagée, les tables renversées, les bancs retournés… Ne restaient que les matelots de l'Ours, prêts à en découdre. Ils formaient une ligne compacte face aux gardes du château.

– Arrêtez ! tonna la voix du capitaine normand. Arrêtez, j'vous dis, insista-t-il, assénant un formidable coup de poing dans la mâchoire d'un marin armé d'un couteau.

L'homme alla s'étaler par terre et l'Ours ramassa l'arme qu'il tendit à Cendres.

– Vos gars dormiront au château, reprit le capitaine. Une nuit au frais leur fera du bien.

Il y eut un moment de flottement.

– C'est d'accord, lâcha le Normand. Vous entendez, vous autres ?

Il y eut bien quelques grommellements mais les marins se laissèrent entraver.

– Allez, messieurs, embarquez-les, ordonna Cendres.

Les gardes sortirent, escortant les gaillards aux mains liées dans le dos. Personne ne s'occupait plus de Josselin qui pénétra dans l'auberge.

– Vous êtes de Dieppe, je crois ? Quel est le nom de votre armateur ? demandait Cendres au capitaine normand.

– Maître Jean Ango.

– Bon, je vous écoute, que s'est-il passé ?

– Celui-là nous a insultés, répliqua l'Ours en désignant le parrain de Josselin qui se tenait en retrait. Et les insultes, par chez nous, ça se règle avec les poings !

– C'est vrai, maître Deslandes ?

Deslandes ne répondit pas.

– Maître Jehan, qui a commencé ? insista l'officier.

Le père de Josselin hésita. Il ne pouvait accuser son ami d'enfance même si c'était lui qui avait provoqué la bagarre.

– Franchement, j'sais pas, répondit-il. J'étais à tirer mon vin. Quand je me suis redressé, ils se tapaient déjà dessus.

– Je vais vous le dire, moi, ce qui s'est passé ! lâcha Deslandes. Je parlais de la mort de l'Indien de Cartier quand celui-là s'est jeté sur moi.

Le regard que lui jeta l'Ours n'augurait rien de bon et Cendres réagit aussitôt :

– Du calme, capitaine. S'il y a encore le moindre problème avec vous ou vos marins, je vous fais interdire l'accès au port.

La menace calma net l'officier du *Saint-Georges*. Pour lui, perdre le droit d'entrée voulait dire perdre le commandement de son navire. Sa mâchoire et ses poings se relâchèrent. Il grommela :

– C'est bon. J'ai compris. Vous autres, Malouins, vous vous serrez toujours les coudes.

Le silence retomba. Josselin regarda autour de lui et réalisa que sa mère n'était pas redescendue, sans doute effrayée par le tumulte. Il se glissa dans les escaliers et alla frapper à sa porte.

– Mère, mère, tout va bien ! Vous pouvez redescendre. Mère, c'est moi, Josselin !

Aucune réponse.

Il posa la main sur la poignée.

– Mère, vous m'entendez ?

Toujours rien.

– Mère, c'est moi, Josselin.

Il ouvrit et s'immobilisa. Le lit était en désordre, les petits escarpins de cuir gisaient sur le plancher, mais elle n'était pas là. Josselin jura et redescendit à toute vitesse.

Armel relevait les tabourets et Deslandes ramassait les débris de vaisselle. Josselin essaya d'attirer l'attention de son père, quand le capitaine s'adressa de nouveau au Normand :

– Si vous voulez récupérer vos gars demain matin, faudra payer les dégâts et l'amende qui sera fixée par monsieur le connétable des Granges. Jehan, vous ferez la liste.

– Je serai là demain avec l'argent, répondit l'Ours. Je peux m'en aller ?

– Oui, fit l'officier malouin avant de se pencher vers le fils de l'aubergiste. Et toi, Josselin Trehel, n'oublie pas ce que je t'ai dit. Je t'attends à la première heure avec maître Colin Jago. Il faut que nous parlions.

Inquiet, le garçon avala sa salive. Pourtant la pensée de sa mère courant pieds nus dans les ruelles le taraudait. Il attendit que l'officier s'en aille pour se tourner vers son père.

– Mère est partie.

Son père pâlit.

– Partie ? Tu veux dire… (Le fils hocha la tête.) Reste là et aide à tout remettre en ordre. Je vais la chercher.

Et il sortit à son tour.

Josselin resta un moment à fixer Armel et son parrain qui redressaient les tables et les tonneaux, rassemblant les poteries encore en état et faisant le compte de ce qui avait été brisé avant d'aller leur prêter main-forte.

– Tiens, prends ma place, finit par lui dire Armel en se dirigeant vers la cheminée où rôtissaient toujours les volailles. Faut que je prépare le repas pour les Portugais.

– Sont partis les Portugais ! observa Deslandes.

– Y vont revenir. Leurs affaires sont à l'étage et ils ont des marchands à rencontrer. Je vais chercher du vin et dresser leur table.

La pièce remise en état, Josselin prit son paquet de vêtements sous l'escalier.

– Faut que je rentre au poste de garde.

Armel vint lui donner l'accolade.

– Ne t'inquiète pas pour ta mère, marmonna-t-il en serrant le garçon dans ses bras. C'est pas la première fois. Tu sais comment elle est. Jehan va la retrouver.

Des images de l'enfance revinrent au fils Trehel. Les disparitions de sa mère, ses retours les vêtements en lambeaux, sale, échevelée, méconnaissable.

Quand elle avait peur, elle se griffait le visage et les bras en criant, et cela le terrifiait.

— T'inquiète pas, je te dis, répéta Armel avant de retourner à ses préparatifs.

— Je te raccompagne, mon filleul, si tu veux bien, déclara Deslandes. J'ai besoin de marcher. M'a secoué, ce rustre.

— Avec plaisir, mon parrain.

Deslandes le prit affectueusement par l'épaule et l'entraîna dehors.

La nuit était claire. Josselin aspira l'air frais. Il s'était passé tant de choses depuis ce matin qu'il en avait le tournis. Pendant un moment, ils marchèrent en silence. Les ruelles étaient calmes, les volets et les portes clos.

— Tu as l'air bien soucieux.

— Je m'interroge sur ce que j'ai vu ou cru voir.

— Que veux-tu dire ?

— Je repense à cet Indien. Je comprends pas ce qu'il faisait là. Vous savez, je l'ai vu se faire tuer. C'était mon tour de garde.

— C'est donc pour cela que le capitaine Cendres veut te parler, murmura son parrain.

Il s'arrêta et dévisagea le garçon.

— Tu ne me caches rien ? Tu sais bien que tu peux tout me dire.

— Ben… Pour dire le vrai, j'ai vu autre chose, mais c'était comme qui dirait un rêve.

– Parle.

– Je crois avoir vu la Mort.

– Ben oui, l'Indien est mort et ça ne devait pas être beau à voir.

– Non, c'est pas ça. Il y avait une créature, une sorte d'ombre sur les remparts. Et je crois bien que je suis le seul à l'avoir vue.

Deslandes ne se moqua pas de son filleul, qui lui en sut gré.

– Tu en es certain ?

– Peut-être l'ai-je imaginé. Peut-être que, comme dit ma mère, vaut mieux se taire, pour ne pas attirer le malheur.

– Qu'as-tu vu exactement ?

– Une silhouette qui est apparue aussi soudainement qu'elle a disparu. Je ne sais même pas si elle avait un visage.

Il frissonna en prononçant ces mots.

– Tu en as parlé à d'autres qu'à ta mère ?

– Non.

– Alors garde ça pour toi, même avec Cendres. On pourrait croire que tu as pris un coup de lune, mon filleul !

Ils arrivaient au poste et cela soulagea Josselin. Il n'avait plus envie de parler, il voulait oublier et dormir.

– Je te laisse, lui dit son parrain. Tâche de te reposer.

– Je vous souhaite la bonne nuit, mon parrain.

Josselin le regarda s'éloigner lorsque éclata le hurlement lugubre des dogues qu'on lâchait. Le garçon pensa à sa mère qui errait dans la ville, aux dangers qu'elle courait…

Un frisson glacé le parcourut et il hâta le pas, pressé de se glisser dans sa couche, près de ses compagnons.

18

Josselin avait mal dormi, rêvant de sa mère, s'agitant dans son sommeil. Quand son maître l'avait réveillé d'une bourrade, tout était revenu d'un coup : la mort d'Itaminda, la bagarre au Lion Vert, les dogues…

– Allez Josselin, le capitaine de ville nous attend.

Le garçon s'habilla, enfila ses bottes et sortit.

– Maître… pouvons-nous nous arrêter à l'auberge ? Ma mère…

– Ton père l'a retrouvée. Elle va bien. C'est Armel qui est venu me prévenir.

Jago s'éloignait déjà, le distançant avec ses longues enjambées. Le cœur soudain plus léger, le jeune Trehel courut le long de la ruelle qui montait vers le vieux château.

C'était la première fois qu'il allait pénétrer à l'intérieur de l'enceinte autrement que pour faire du tir sur cibles. Bâtie jadis sur ordre de Charles VI, dans la partie haute de la ville, la place forte dressait ses imposantes murailles de pierres et ses tours non loin du palais de l'évêque. Josselin était à la fois curieux et inquiet. Curieux d'explorer la forteresse, inquiet d'avoir à répondre aux questions du capitaine.

Jago, qui s'était arrêté devant le pont-levis, se tourna vers lui comme s'il avait deviné ses pensées.

– Cendres est un homme juste. Ne lui cache rien. Il ne renoncera pas avant d'avoir trouvé celui qui est responsable de la mort du serviteur et de l'évasion de l'Indien.

– Oui, mon maître.

Les gardes s'écartèrent devant eux. Josselin jeta un coup d'œil dans le fossé en contrebas où broutait une chèvre à l'attache. Ils entrèrent dans la cour. Des soldats s'y entraînaient au tir à l'arbalète et à l'arquebuse tandis que d'autres se battaient à l'épée. Un palefrenier conduisait des chevaux à la robe couverte de sueur vers les écuries.

Ils étaient maintenant au pied de la maison forte qui occupait le centre de l'esplanade. Une bâtisse plus large que haute, avec des murs de pierres percés d'étroites meurtrières et un toit d'ardoises.

– Nous venons voir le capitaine Cendres, expliqua Jago à un sergent.

– Il vous attend dans l'ancienne geôle qui sert de morgue, répondit le soldat en désignant une petite porte sur la droite.

À ces mots, Josselin sentit les battements de son cœur s'accélérer. Il emboîta le pas à son maître, s'enfonçant dans les profondeurs du château, glissant sur les marches luisantes d'humidité, se rattrapant à la corde qui courait le long de la paroi.

Ils débouchèrent enfin dans une salle éclairée par des flambeaux. Cela sentait le salpêtre mais aussi le vinaigre et une autre odeur, celle fade et écœurante de la mort.

Cendres et un homme vêtu d'une longue robe noire étaient penchés sur une table. L'officier s'écarta et Josselin aperçut alors le cadavre d'Itaminda, un linge dissimulant son sexe.

Un gout de bile envahit sa bouche.

— Capitaine, mon archer et moi-même sommes à vos ordres, fit Jago avec une brève inclinaison du buste.

L'homme à la robe noire se retourna et Josselin le reconnut aussitôt. C'était monsieur Guillebon, le barbier-chirurgien de Saint-Malo. Il avait déjà croisé à la messe sa silhouette maigre et longue. L'homme portait un tablier couvert de taches brunâtres, ses manches étaient relevées et il tenait une éponge qu'il laissa tomber dans un seau à ses pieds.

L'éclat dur des yeux gris du capitaine se posa sur le garçon.

— Te revoilà, Josselin Trehel.

— Pour vous servir, capitaine, fit le jeune homme en s'inclinant.

— Approche. Ne perdons pas de temps. Tu étais sur les remparts quand cet homme est apparu, fit-il en désignant le corps que le garçon évitait de regarder. Tu l'as repéré avant le guetteur, n'est-ce pas ?

– Oui, capitaine.

– Souviens-toi, où était-il quand tu l'as aperçu ?

– Il sortait de la mer et il se dirigeait vers la poterne de la Blatterie.

– Comme s'il voulait retourner en ville ?

– Oui. Mais y savait pas qu'y avait les chiens.

– Il se tenait à côté d'un navire comme s'il en était descendu ?

– Non. Il était entre la caravelle portugaise et le navire normand.

De cela au moins, le garçon était sûr.

– Tu sais que d'aucuns, dont ton parrain, maître Étienne Deslandes, accusent les Normands.

– Il pouvait venir de l'un comme de l'autre ou bien d'ailleurs, fit Josselin.

– Tu es habitué à regarder comme tous les tireurs. Raconte-moi ce que tu as vu le plus précisément possible.

Le garçon s'exécuta :

– J'ai tout de suite compris que c'était pas un « marcheur de nuit », il ressemblait pas aux gens de par chez nous. Et puis, quand il a aperçu les chiens, il s'est retourné pour les affronter.

Le garçon ajouta en murmurant :

– Il s'est battu jusqu'au bout…

Cendres hocha la tête.

– Reviens au moment où tu l'as vu sortir de l'eau. A-t-il hésité ?

– Non, il s'est dirigé droit vers la poterne.

– Approche-toi maintenant et dis-moi ce que tu vois.

Josselin obéit, essayant de vaincre sa répulsion, détaillant le corps d'Itaminda tout en lui rendant silencieusement hommage pour sa bravoure. Il avait été nettoyé avec l'éponge vinaigrée qui flottait à ses pieds dans le seau empli d'une eau brunâtre.

De petites pierres étaient incrustées sur son torse, des pierres vertes comme celle enchâssée sous sa lèvre. C'était si surprenant que le jeune gars en oublia sa répugnance.

– Ce couteau est celui qu'on a trouvé sur les lieux, ajouta Cendres.

Josselin regarda l'arme posée au bout de la table puis revint au cadavre. La chair des poignets et des chevilles était entaillée comme si l'Indien avait été attaché. Le cadavre était si gris, sa posture si raide, que les plaies atroces faites par les dogues paraissaient fausses.

Pourtant, une nouvelle vague de nausée lui leva le cœur. Cendres, qui s'était éloigné pour discuter avec le barbier, revint vers lui.

– Alors, Josselin ?

– Je me demandais si monsieur Cartier attachait l'Indien quand il l'enfermait dans son cellier.

Le capitaine fronça les sourcils et observa à son tour les poignets et les chevilles du mort.

– Tu as raison. Non, il ne l'attachait pas et, pendant la journée, il allait et venait librement dans une partie de la maison. Monsieur Guillebon, vous avez entendu ?

– Oui, capitaine. Mais je ne pensais pas que cela soit…

– Je vous ai demandé vos conclusions, monsieur. Toutes vos conclusions. Est-ce que ce sont des marques de liens, comme le pense ce jeune archer ?

– Un instant, capitaine.

Le barbier se pencha, passa la main sur les traces, sortit une petite pince de la trousse qu'il portait au côté puis, après un long moment, se redressa, hochant la tête.

– Oui, capitaine, ce sont bien des marques de liens. Il y a même quelques restes de chanvre incrustés dans les plaies.

– Qu'as-tu vu d'autre ? demanda Cendres au garçon.

– Le couteau, c'est un couteau de gabier.

– Je l'avais noté aussi. Et quoi encore ?

– Rien, capitaine.

– Sais-tu ce que sont ces pierres ?

– Ma foi, non, capitaine. Juste qu'elles ressemblent pas à celles de par chez nous. Qu'allez-vous faire de l'Indien ?

– On le mettra à la fosse commune, hors les murs.

– Il a pas mérité ça, murmura le jeune archer.

– Qu'as-tu dit ?

– C'était peut-être pas un chrétien, répondit Josselin en osant affronter le regard gris de l'officier, mais c'était un vrai guerrier ! Il a pas mérité ça.

19

Josselin était revenu prendre son tour de garde sur le chemin de ronde, son sac de flèches à ses pieds. Après ce long moment passé dans les entrailles du château, il retrouvait avec plaisir l'air libre et même l'odeur de la morue. Le soleil montait à l'assaut d'un ciel aussi bleu qu'un champ de lin. La mer était hérissée de courtes vagues. Dans ces moments-là, le visage fouetté par le vent et les embruns, il ne pensait à rien sinon au moment présent.

La marée était montante et bientôt les lames frapperaient les remparts, isolant de nouveau Saint-Malo du reste du pays.

Ses pensées revinrent malgré lui aux questions du capitaine et à ce qu'avait dit son parrain. On avait tué Michiel pour enlever l'Indien et on avait solidement attaché ce dernier. Ce qui n'allait pas avec l'hypothèse de Deslandes. Si les Normands étaient ses amis et s'ils voulaient le ramener dans son pays auprès des siens, pourquoi l'attacher ? Et pourquoi se serait-il sauvé ? Si ce n'était pas les Normands, qui d'autre avait intérêt à enlever ce prince sauvage ? Et pourquoi ?

Josselin ramena son regard vers les hourques, ces lourds navires revenus la veille des Terres Neuves, puis vers les silhouettes qui s'affairaient. Il reconnut bientôt celle de son parrain, son commis assis sur une caisse à côté de lui, inscrivant au fur et à mesure les quantités de marchandises sur un livre de comptes.

Partout régnait une intense agitation, les marins achevaient de vider les cales. Des barques chargées de morues vertes quittaient le bord. Quand tout serait fini, il faudrait nettoyer, vérifier, réparer les navires avant l'hivernage. Puis, bien vite, des gens comme Deslandes s'occuperaient de l'avitaillement – cordages, voiles, nourriture, vin, sel – nécessaire à la prochaine campagne de pêche. Les hommes repartiraient en février ou mars, femmes et enfants leur adressant un dernier salut du haut des remparts.

Le jeune archer ne les enviait pas. Même si ces marins voyaient des choses qu'il ne verrait jamais : Léviathans et serpents de mer, ours blanc comme neige, montagnes de glace et même forêts dérivant sur les vagues...

À l'auberge, pour un verre de plus, ces hommes burinés, aux mains crevassées, faisaient d'effrayants récits de tempêtes, décrivant naufrages et noyades quand ils ne racontaient pas la mort d'un des leurs dont, après une brève prière, on faisait glisser le cadavre par-dessus bord dans les flots noirs...

Josselin était mieux sur la terre ferme, avec son arc.

Il observa rapidement le vieux navire normand, puis s'arrêta sur la silhouette élancée de la caravelle portugaise du capitaine Pancaldo. Bien que de petite taille, elle associait des voiles latines à des voiles carrées, avec un bordage à clin renforcé et un gouvernail d'étambot. Elle était taillée pour la haute mer et la vitesse, et Josselin ne put s'empêcher de rêver aux lointains pays qu'elle avait abordés.

Était-ce d'avoir songé au Brésil ? Il posa son arc contre le parapet, ouvrit la bourse qu'il portait à la ceinture et contempla la lune de corne trouvée près du cadavre de l'Indien. Elle était encore plus singulière que dans son souvenir. Des signes y étaient gravés, qui ressemblaient à ceux dessinés sur le torse de l'Indien du Brésil.

L'appel d'une trompe le fit sursauter. Un signal donné par un guetteur. Il arrêta son examen et referma la pochette de cuir. Une barque s'éloignait vers la terre. Deux matelots souquaient ferme. Ils emmenaient la forme pâle d'un corps enveloppé d'un linceul… Le prince sauvage… Itaminda.

Josselin avait murmuré son nom et, comme s'il s'agissait de quelque incantation, il sentit aussitôt une présence derrière lui.

Il se retourna d'un coup. La silhouette qui l'avait effrayé était là, à quelques toises, penchée sur le parapet comme si, elle aussi, observait le canot.

Était-ce le jour naissant qui lui donnait du courage ? Josselin saisit son arc et s'approcha. Mais, aussi silencieux qu'il tâcha de l'être, l'apparition l'entendit. Elle fit volte-face et s'enfuit. Sa course était la même que celle de l'Indien. Fluide et rapide. La respiration courte, Josselin encocha une flèche.

– Arrête-toi ! hurla-t-il d'une voix cassée.

La silhouette se retourna et, malgré la capuche qui ombrait ses traits, c'était bel et bien Itaminda qui se tenait là devant lui ! Épouvanté, le garçon abaissa son arc. L'autre sauta d'un bond dans les escaliers et disparut.

Un spectre... Lui qui refusait de croire à ces choses surnaturelles dont parlaient sa mère et son ami Perrin...

– Que t'arrive-t-il ? fit la voix de Jago. Je t'ai vu courir.

– J'ai cru...

Il hésitait.

– Itaminda, l'Indien, il était là...

Il n'en dit pas davantage, se rappelant les conseils de son parrain. Colin Jago n'avait pas besoin d'archer ayant des visions. Le maître de l'arc lui parla d'une voix plus douce qu'à l'ordinaire.

– Tout va bien, Josselin. Je comprends qu'après ce que tu as vu, tu sois troublé, dit-il. Viens, nous rentrons au poste. Ce matin, il y a entraînement au château.

– Oui, maître.

Josselin aurait aimé se ressaisir, mais ce n'était

pas le cas. Il n'avait jamais cru à toutes ces histoires à faire peur qu'on raconte aux enfants mais il venait de voir le visage de l'Indien. Cet Indien que les marins allaient jeter à la fosse commune à Paramé.

Il se hâta de suivre Jago dans les escaliers. Ils arrivaient devant le poste de garde quand une voix appela :

– Colin ! Colin Jago !

– Ah, monsieur, vous voilà ! fit le maître en s'arrêtant pour attendre le nouveau venu.

Un homme grand et large venait d'apparaître. Il avait une barbe fournie, les cheveux noirs et drus sous un bonnet de velours. Habillé avec recherche d'un manteau brun à collet de fourrure, d'un pourpoint violet et de chausses gris perle, il portait de hautes bottes et une épée.

Jago le salua puis se tourna vers Josselin.

– Ne t'occupe pas de moi, j'ai à parler avec le capitaine Cartier, va vérifier ton matériel.

Josselin salua le nouveau venu, ne pouvant s'empêcher de le détailler avec curiosité. C'était la première fois qu'il le voyait de près. Il l'avait bien aperçu à la messe, mais au premier rang avec les notables.

Une fois au poste, Josselin s'aperçut qu'il n'y avait que Perrin. Il laissa la porte entrebâillée, bien décidé à écouter la conversation des deux hommes.

– Eh bien, qu'est-ce qui t'arrive ? lui demanda Perrin. T'es tout pâle.

– Non, ça va. Où sont les autres ?

– Ils vont pas tarder. Et Jago, je croyais qu'il était parti te chercher ?

– Il est dehors avec le capitaine Cartier. On doit vérifier le matériel.

Perrin alla chercher son arc. Josselin s'assit près de la porte pour inspecter une nouvelle fois ses flèches. Il n'entendait pas tout mais quelques bribes de conversation entre son maître et le marin lui parvenaient tout de même.

– J'ai de vrais soucis avec le *Curieux*, disait ce dernier. Je crois, à chaque fois, en avoir fini et tout est à recommencer.

Le *Curieux*, Josselin le savait, c'était le nom du navire qu'il armait. Une vieille caravelle rachetée à des Nantais et remise en état avec les deniers du connétable des Granges et de quelques notables et armateurs. C'est Louis qui leur avait expliqué tout cela, son père faisant partie de ceux que Cartier avait sollicités. Le Malouin voulait repartir au Brésil et même, toujours d'après Louis, y fonder un comptoir dans un lieu nommé *Port Real*.

Le jeune archer tendit l'oreille, tout en recollant les plumes de l'une de ses flèches avec de la colle de poisson.

– Expliquez-vous, fit la voix de son maître.

– Pas une nuit sans incident. Des cabillots ont été cassés, la cloche du mort a disparu. Les gars refont l'étoupe mais, le lendemain, on trouve des fuites dans la coque comme s'ils n'avaient rien fait... À croire que ce bateau est maudit ! ajouta Cartier.

– Ou qu'on veut vous le faire accroire, rétorqua la voix calme de Jago.

Josselin n'en entendit pas davantage : le bruit que firent ses compagnons en rentrant dans le poste couvrit l'échange.

20

Jago réfléchissait encore aux paroles de Jacques Cartier tandis qu'il montait vers le château avec ses archers. Il ne croyait pas au mauvais sort, encore moins aux malédictions… Tout cela était plutôt la marque de l'acharnement d'un ennemi. Mais qui, dans Saint-Malo, pouvait en vouloir au navigateur ? L'homme était aimé, même si d'aucuns le jalousaient depuis son mariage avec la belle Catherine, la fille du connétable. Après avoir été mousse à la morue, il était devenu pilote puis capitaine, un capitaine avec une âme d'explorateur. Comme les Portugais pour leur roi Manuel, il rêvait de rapporter à François Ier des terres inconnues, de l'or et des pierres précieuses. Était-ce cela qui lui valait des ennemis ?

Il est vrai que les Malouins n'étaient pas tendres les uns avec les autres. Les rivalités, les désaccords étaient monnaie courante. Ils ne s'unissaient – l'Ours l'avait compris à ses dépens – que quand ils étaient attaqués par un ennemi extérieur.

Colin revint vers ses archers. Il s'arrêta pour les observer. Lourdement chargés, ils marchaient d'un pas cadencé dans la grande rue. Le maître de l'arc vérifia que tous étaient là et repartit de sa démarche souple dans les étroites ruelles bordées de maisons à pans de bois, de jardins potagers et de vergers. Il tourna bientôt dans la rue de la Blatterie. Ici, l'ambiance était différente, commerçants et artisans exposaient toiles de lin de Laval, draps de Rouen, cuirs, pots d'étain et de cuivre. Les gens se pressaient pour tâter la marchandise, négociaient, parlaient haut et fort.

– Pois chauds pilés, fèves chaudes ! criait un gamin.

– Rangez-vous ! ordonna le maître à ses gars qui s'écartèrent pour laisser passer une charrette à bras surmontée d'une pile de ballots de laine.

– Au voleur ! cria soudain une voix de femme.

– Arrêtez-le ! cria une autre voix, masculine celle-là.

Un gamin maigre, aux vêtements déchirés, se faufilait entre les jambes des passants et sous les étals. Il n'alla pas bien loin. Un solide gaillard, forgeron de son état, le souleva d'une main, lui arrachant son butin, une miche de pain enveloppée d'un linge, avant de l'envoyer dinguer. Le gamin roula sur lui-même et se releva d'un bond, s'enfuyant, sous les moqueries, sans demander son reste.

– Qui veut mon maquereau frais ? Il est frais, mon maquereau !

– Voici du miel ! Dieu vous tienne en santé, clamait un autre, un pot de bois empli du liquide doré attaché à son col.

– Qui veut mes galettes ? Toutes chaudes, toutes chaudes ! lança une gamine devant laquelle s'arrêta un marin.

Les archers dépassèrent enfin le marché aux grains et la cathédrale dont les gargouilles grimaçantes semblaient les observer, avant de prendre la voie menant au palais épiscopal et au vieux château. Au milieu de l'étroit passage, les jeunes gens se trouvèrent nez à nez avec les Normands que leur capitaine venait de faire libérer. Sales, les habits en désordre, humiliés et furieux d'avoir passé la nuit au cachot.

– Poussez-vous de là, les drôles ! brailla l'un d'eux.

– Ferme-la ! ordonna l'Ours d'une voix sourde.

L'autre grommela mais n'osa tenir tête à son chef dont il sentait monter la colère.

– On se range, les gars ! ajouta le Normand à ses marins qui obéirent de mauvaise grâce.

Les archers franchirent le pont-levis et pénétrèrent dans la cour.

Dans l'angle réservé aux entraînements résonnait le bruit régulier des massettes. De jeunes maçons restauraient la courtine. Ils avaient déplacé les cibles de paille qui se trouvaient coincées derrière des tas de pierres et des poutrelles.

– Allez chercher vos cibles ! ordonna Jago.

Les jeunes gens obéirent sous les quolibets des ouvriers :

– Plus vite ! disait l'un.

– On se dépêche ! se moquait l'autre.

– Sont aussi rapides que des bigorneaux…

Chacun y allait de son bon mot. Mais les railleries se turent bientôt quand Guillaume, excédé, se mit à secouer l'échafaudage sur lequel ils étaient perchés. Jago, qui discutait avec le maître maçon, se retourna.

– Ça suffit ! tonna-t-il.

Aussitôt, tous se figèrent.

– Feriez mieux de retourner à votre ouvrage, renchérit le maître maçon à l'adresse de ses apprentis. Et plus vite que ça. La pause est finie et ne descendez que quand les pierres seront calées.

Les maçons se remirent au travail. Quant à Jago, il se posta au milieu de la cour.

– Par ici, vous autres.

Sans un mot, les archers le rejoignirent.

– Visiblement, vous avez besoin d'exercice, mes gaillards ! s'écria-t-il, agacé par l'incident. Vous allez commencer par me faire trois tours de chemin de ronde en empruntant les escaliers. Oui, tous les escaliers ! Et avec votre équipement.

Pendant un bref instant, les jeunes gens hésitèrent.

– Je veux vous voir courir sur les remparts ! Allez !

Les archers s'élancèrent et la bousculade qui s'ensuivit fut fatale à l'un d'eux, Colas, qui tomba lourdement du haut des marches. Le garçon poussa un hurlement de douleur, puis s'agenouilla, tenant son bras qui pendait.

– Continuez ! ordonna le maître avant de s'approcher du blessé. Plus vite, renchérit-il, obligeant ses gars à accélérer dans les passages les plus étroits et à bousculer les soldats en poste.

Tout en disant ces mots, il examina le bras du jeune homme que la douleur avait fait pâlir. Au deuxième tour, le groupe passa devant eux sans ralentir.

– Hé, dis, Colas, tu vas pas tomber dans les pommes ?

– Non, maître, murmura le blessé en se mordant la lèvre.

– C'est l'os qu'a pris. Va falloir être patient. Va voir le barbier-chirurgien, y va te remettre ça en place, finit-il par conclure.

Pâle et défait, Colas s'éloigna sans mot dire, serrant son bras brisé. Pour lui, c'était fini. Il n'entrerait pas dans la compagnie.

Achevant leur course folle, ses compagnons revenaient, haletants et en sueur.

– On va pas mollir. On continue avec votre épreuve favorite, les pierres de force, dit Jago sans leur laisser le temps de récupérer.

Il déposa un bâton par terre.

– Sur la grève, la dernière fois, ce n'était pas fameux et la fois d'avant non plus. Vous n'avez toujours pas réussi à me bouger ces satanés cailloux jusqu'au repère ! Louis, à toi de commencer.

Le souffle court, le jeune homme se dirigea avec réticence vers les cinq blocs de granit qui servaient aux entraînements. Malgré tous ses efforts, il échoua au quatrième.

– Guillaume, à toi ! appela Jago. Tu avais l'air en forme pour secouer l'échafaudage, fais-nous voir comment tu t'en sors avec ça !

Le Sanglier déplaça en soufflant les trois premiers blocs et réussit encore, sous les regards admiratifs des maçons, à soulever le quatrième, une large et lourde pierre. Le silence se fit. Il restait la cinquième pierre, une masse large et haute. Frottant ses mains l'une contre l'autre, il réussit l'exploit de la soulever de quelques pouces avant de la laisser retomber avec un râle de dépit.

– Bien. À toi, Josselin.

En voyant la silhouette frêle s'avancer pour tenter de réussir là où le solide Guillaume avait échoué, l'amusement gagna de nouveau les ouvriers. Josselin regarda autour de lui, ses yeux allant des pierres aux maçons. Tous attendaient qu'il s'exécute lorsqu'il se tourna vers Jago :

– Maître, puis-je vous poser une question ?

Depuis la dernière fois où ils avaient échoué avec cet exercice, il avait réfléchi. Et surtout il avait retourné dans sa tête une phrase du maître.

– Je t'écoute.

– L'autre jour, vous nous avez dit que l'unique consigne était de porter les blocs sur deux toises, n'est-ce pas ?

– Oui, fit Jago, un sourire en coin.

Josselin marcha alors d'un pas décidé vers l'échafaudage.

– Hé, les gars ! Est-ce que je peux utiliser ce palan là-bas ? fit-il en montrant du doigt l'engin de levage.

Les maçons se tournèrent vers leur maître.

– Pour sûr, tu peux mon gars, répondit ce dernier. Bouge pas ! On va te le mettre en place.

Guillaume et Perrin, qui avaient compris, s'approchèrent et c'est sous les ordres de leur compagnon qu'ils préparèrent le bloc le plus lourd en le cerclant d'un cordage.

– Attache-la bien, ordonna Josselin à Perrin qui avait pris l'initiative de relier le palan à la pierre. Et maintenant, venez ici. À mon signal, vous tirerez sans à-coups, pour rien casser. Et attention aux mouvements de la pierre quand elle va quitter le sol.

– On y va ensemble ?

Sous les efforts conjugués des trois archers, le bloc s'éleva lentement. Josselin le bloqua en position haute, l'attachant à un anneau fiché dans le mur. Puis, sous le regard attentif des apprentis, des maîtres et des gardes, curieux de voir comment il allait s'en sortir, il glissa une charrette à bras dessous.

Quelques instants, plus tard, après avoir poussé la charge deux toises plus loin, Josselin la faisait glisser aux pieds du maître. Sans un mot, ce dernier hocha la tête. Josselin, Perrin et Guillaume, fiers de leur exploit, se congratulaient sous le regard maussade de Louis.

– Maître, remarqua ce dernier, ce n'était pas le but de l'épreuve.

Jago se retourna et répondit suffisamment fort pour que tous l'entendent :

– Apprends à te servir de ta tête, Louis. Faire ensemble ce qu'on ne peut pas réaliser seul, c'est ce qu'on attend des membres d'une compagnie !

Profitant de ce que tous étaient attentifs, Jago ajouta :

– À ce sujet, écoutez-moi : notre roi François, le premier du nom, approuve la création de notre compagnie !

Les jeunes gens tapèrent du pied, criant de joie.

– Silence ! Silence ! Notre évêque vient de donner sa bénédiction, le connétable son accord. Dans une semaine, la compagnie prendra ses fonctions. Elle sera composée de dix archers placés sous mon commandement.

Après ce moment d'euphorie, un silence pesant retomba. Les jeunes gens avaient compris que la moitié d'entre eux allait être exclue.

– Nous allons conclure ces exercices par une dernière et importante épreuve. Car, en plus de Colas qui a le bras cassé, quatre d'entre vous seront éliminés aujourd'hui. Si certains veulent renoncer, qu'ils sortent des rangs. Je ne prendrai que les meilleurs. Des hommes qui visent juste et vite. Et croyez-moi, ce n'est pas pour autant, une fois dans la compagnie, que vous vous reposerez. Vous devrez rester les meilleurs !

Autre chose : contrairement à la milice bourgeoise, vous aurez des gardes plus longues et l'obligation de vivre au poste. En échange de vos services, l'évêque a confirmé qu'en plus de votre solde, des franchises vous seront attribuées : vous et vos familles serez exemptés de certaines taxes.

Des cris de joie saluèrent cette nouvelle.

– Maintenant, reprit Jago, à vous de me prouver que vous êtes dignes d'entrer dans la compagnie de l'Épervier !

Il avait choisi l'épervier comme symbole. Cet oiseau de proie dont la vue perçante n'était pas sans rappeler celle des archers.

21

Les épreuves à venir seraient décisives, Josselin le savait et, pourtant, il ne cessait de penser au fantôme de l'Indien. Il n'osait se confier à personne, pas même à Perrin ou à Guillaume, de peur qu'ils ne se moquent de lui. Il essaya pourtant de « faire le vide », se répétant en boucle les conseils d'Armel : « *Recommence ton geste jusqu'à ne plus avoir à y songer. Il faut que tirer devienne aussi évident que respirer. N'espère jamais réussir, sois-en persuadé dès que tu encoches ta flèche !* »

Dans ces moments-là, cette voix intérieure le réconfortait, mais pas cette fois. Une infime hésitation. Un doute. Seule une de ses flèches atteignit le centre de la cible alors que celles de Louis s'étaient fichées toutes les trois en plein centre. Les acclamations des gardes et des ouvriers retentirent. Josselin resta figé, abattu. Il n'entendit pas la voix de Guillaume qui essayait de le réconforter.

– Cesse de penser à ce maudit Indien, lui dit Jago qui s'était approché. Concentre-toi, que diable ! Allez, on se prépare pour le prochain exercice.

Josselin sentait soudain le poids des regards braqués

vers lui. Au-dessus d'eux, les gardes et les maçons lançaient des paris depuis leur échafaudage.

– Choisissez vos trois meilleures flèches, ordonna Jago. Nous allons changer de cible.

Accablé par son échec, inquiet, Josselin ôta sa flèche de la cible en même temps que Louis qui lui jeta un regard dédaigneux qu'il ne vit même pas. Pour la première fois depuis bien longtemps, il doutait de lui-même, de sa capacité à devenir le meilleur.

– Rapportez la vieille quintaine qui est dans le fond de la cour.

Guillaume et Perrin se regardèrent avec étonnement. Jago faisait installer le mannequin de bois qui servait pour l'entraînement à la joute du capitaine Cendres et de ses lieutenants.

La nouvelle cible en place, le maître la couvrit d'un gambison et d'un casque qui lui donnaient un aspect plus humain. Puis il accrocha un petit carré de tissu blanc à la place du cœur.

– Vos cibles ne seront pas toujours de paille. Cette quintaine est un homme à abattre. Je veux que vous y pensiez.

Un murmure se fit entendre. Josselin essaya de ne rien laisser paraître de sa nervosité. Seule sa main d'arc, plus moite que d'habitude, le trahissait et il l'essuya sur ses braies.

– Par groupes de cinq. Mettez-vous en position à trente pas et attendez mon ordre. Le but est simple : deux flèches au cœur et vous êtes retenus pour la suite.

Si elles sont en dehors, je vous départagerai en ne gardant que les mieux placés.

Sous les ordres de Jago, les tireurs s'avancèrent et décochèrent, bientôt remplacés par une nouvelle rangée. Nul mot ne fut prononcé. Les regards étaient durs, le silence ponctué du sifflement des traits. Lors du passage de Perrin, Josselin s'inquiéta, mais le jeune archer, malgré sa main blessée, réussit à planter deux flèches en plein cœur du mannequin de bois.

C'était à son tour de rejoindre le pas de tir. Il se répéta encore et encore les mots d'Armel et sentit sa respiration s'apaiser. Une fois en position, il s'essuya une dernière fois la main sur sa cuisse et inspira lentement. Il tenait son arc d'une main ferme, mais sans le serrer.

« *Reste calme, sûr de toi, ton esprit doit être vif, mais serein.* » « *Doucement, relâche tes doigts, respire.* »

Le signal de Jago claqua. Josselin tira à l'instinct, sans réaliser vraiment la vitesse à laquelle il décochait. Ses deux flèches étaient fichées dans le carré. En tournant, il vit que seul Louis avait réussi à tirer aussi vite ; les trois autres les regardaient, hébétés, leur deuxième flèche à la main.

Les muscles de Josselin se relâchèrent et, d'un coup, la fatigue le gagna. Jago énuméra les noms des perdants, Guillaume et Perrin n'y figuraient pas. L'entraînement était achevé, le maître laissa ses consignes et s'en alla.

Sans doute parce qu'il n'aimait pas les adieux, ni

les grandes déclarations qu'on ne tient jamais, Josselin s'écarta de ceux qui allaient devoir annoncer à leurs familles qu'ils avaient échoué. Ils restaient là, la mine défaite, au milieu des autres. Josselin profita de l'eau du baquet des maçons pour se rafraîchir lorsqu'une bourrade le fit se retourner. Il serrait déjà les poings, prêt à en découdre.

— Holà, doucement ! s'écria Guillaume en simulant la peur. T'es pas content ou quoi ? Pourtant, t'as fait un beau tir. Les gardes nous régalent de leur vin, ils ont aimé le spectacle. Viens boire un coup avec nous.

— Jago nous a demandé de retourner au poste, rétorqua Josselin en rassemblant ses affaires.

— Juste quelques instants, fit Perrin.

Finalement, poussé et tiré par ses deux amis, Josselin se joignit à eux. Il ressentait de plus en plus souvent la fraternité qui les unissait et cela lui faisait du bien. Perrin, Guillaume et même Elyot et Henry Davy trinquèrent avec lui. Les cruches passaient parmi eux et l'un des ouvriers chanta une vieille chanson d'amour.

Josselin était un peu gris, mais heureux, en redescendant les rues avec ses compagnons. Il riait comme jamais il ne l'avait fait. Mais en franchissant le seuil du poste de garde, son enthousiasme retomba d'un coup à la vue du maître, debout les bras croisés au milieu de la pièce.

— Il vous en a fallu du temps !

Josselin baissa la tête, conscient que son haleine empestait le vin. Jago passa parmi eux.

– Il serait temps que vous compreniez ce qu'est un ordre, mes gaillards.

Toujours cette voix calme. Plus terrible que la pire des colères.

– Il n'y aura pas d'ivrogne dans les rangs de la compagnie. Si cela se reproduit, vous pourrez vous embarquer pour les Terres Neuves et la morue !

La tirade fut interrompue par l'arrivée d'un sergent qui lui tendit un document.

– Maître Jago. C'est pour vous, de la part du capitaine Cendres.

Profitant du moment de répit qui s'ensuivit, les archers rangèrent avec un soin tout particulier leur matériel. Alors qu'ils s'installaient autour de la table, Jago reprit la parole :

– Le capitaine a décidé de renforcer la surveillance de notre cité. Vos tours de garde seront plus fréquents. Il y aura, en permanence, la moitié d'entre vous sur les remparts.

Il n'y eut pas même un mouvement ni un murmure de protestation. Jago poursuivit en désignant ceux qui faisaient face à Josselin :

– Vous autres, vous prenez le premier tour et sur-le-champ !

Les archers en question se levèrent aussitôt.

– Allez chercher vos ordres auprès du sergent à la Grand-Porte. Il vous dira où vous placer. Je vous conseille de ne pas le faire attendre, il déteste les chiens malades ! Quant à vous…

Cette fois, c'était la rangée de Josselin qu'il désignait.

– Vous serez de corvée ici ! ajouta-t-il en s'asseyant à sa place en bout de table.

Son regard était si sévère que ceux qui devaient partir ne demandèrent pas leur reste.

La porte claqua, le silence retomba. Les jeunes gens restèrent immobiles jusqu'à ce qu'Anne entre enfin avec ses paniers et s'active pour réchauffer le repas.

Pendant tout le souper, Jago ne s'adressa qu'à elle, qui servit sans que personne ose même élever la voix pour la remercier. Un demi-sourire sur les lèvres, elle alla se rasseoir et mangea en silence.

Le repas rapidement avalé, la vaisselle débarrassée, Josselin saisit le plateau de table avec Guillaume pour l'appuyer le long du mur pendant que les autres rangeaient les tréteaux et les bancs afin d'aligner les paillasses.

Le jour déclinait et la pièce s'assombrissait. La pénombre accentua leur malaise. Sur le pas de la porte, Anne et son père étaient en grande discussion. Elle, habituellement calme et posée, était nerveuse.

– Josselin !

L'appel fit sursauter le garçon.

– Oui, maître, répondit-il d'un air inquiet.

– Prends tes armes et viens ici.

L'archer obéit et les rejoignit sur le seuil.

– Tu vas accompagner ma fille chez les Cartier et, ensuite, tu l'escorteras jusqu'à notre maison, rue de l'Orme. Je peux te faire confiance ? conclut-il en plantant son regard dans celui de Josselin.

– Oui, maître, répondit le jeune homme d'un ton décidé.

La pénombre gagnait et c'est dans cette lumière étrange, entre chien et loup, que retentirent les premiers aboiements des molosses lâchés sur les grèves.

Les deux jeunes gens marchèrent d'un bon pas, Josselin ne sachant comment rompre le silence qui s'était installé entre eux. Il sentait Anne soucieuse, sans en comprendre la raison.

Ils arrivèrent chez Cartier et, à l'instant où la fille du maître de l'arc frappait à la porte, sans qu'il sache pourquoi, Josselin sentit une présence derrière lui. Il scruta la ruelle voisine sans rien voir. Était-ce le fantôme de l'Indien ? Un frisson lui parcourut l'échine. Puis la lune sortit des nuages, éclairant la silhouette d'un marin qui se plaqua aussitôt dans une encoignure. La vue de Josselin s'accoutumait à la pénombre. L'inconnu s'éloigna, rasant les murs.

L'archer encocha une flèche et cria :

– Qui va là ? Qui vive ?

En guise de réponse, l'ombre disparut dans les ténèbres.

22

Anne s'était tournée vers Josselin.

– Qu'avez-vous vu ?

Il la rassura.

– Rien, mademoiselle Jago, ne vous inquiétez pas, juste un marin qui doit chercher quelque bonne fortune…

« Ou quelque mauvais coup à faire », ajouta-t-il en lui-même.

La porte s'ouvrit et soudain il oublia tout, Itaminda, le rôdeur, et même celle qui l'accompagnait.

La femme qui se tenait devant lui était belle. D'une beauté arrogante qui le rendit muet. Même s'il ne l'avait aperçue que de loin à la messe, où elle occupait un banc au premier rang avec son père et son mari, il avait reconnu Catherine, l'épouse de Jacques Cartier, la fille du connétable des Granges.

Habillée d'une robe de brocart rouge sombre, une fraise de dentelle et un carcan de perles autour de son cou mince et blanc, ses cheveux dorés remontés en chignon, elle ne ressemblait à aucune autre. Ici, à Saint-Malo, de tels raffinements étaient incongrus. Il l'imaginait plus volontiers à la cour du roi François Ier et de la reine Claude de France, entourée de seigneurs et de dames aussi richement parées qu'elle.

Elle avait souri en reconnaissant la jeune fille.

– Vous êtes venue ! Merci, ma chère Anne, je savais que je pouvais compter sur vous.

La fille de Jago esquissa une gracieuse révérence. Josselin allait devoir saluer et, soudain, cela l'affolait. Lui qui n'était déjà pas à l'aise avec les filles, alors avec une femme comme celle-là !

– C'est un plaisir de pouvoir vous aider, madame, répondit Anne avant de se tourner vers lui. Puis-je vous présenter l'un des archers de mon père ? Josselin Trehel. Il m'a accompagnée sur son ordre.

Josselin s'inclina, incapable d'articuler un mot tant le regard gris qui s'était posé sur lui le troublait.

– Mon Dieu, oui, c'est vrai qu'il fait déjà nuit noire ! Entrez, mes enfants, entrez !

Josselin ne répondit pas, vexé d'avoir été traité d'« enfant » alors qu'en cet instant il aurait tant aimé être un homme.

Il se retrouva dans l'antichambre. Madame Cartier referma et donna un tour de clef.

– Je vous avoue que depuis la mort de ce pauvre Michiel, je ferme notre porte le soir, fit-elle en réponse au regard interrogateur d'Anne. Mais venez tous les deux.

Anne et Josselin la suivirent jusqu'à la salle basse,

grande pièce éclairée de candélabres de fer forgé. Le capitaine était assis à sa table de travail, plongé dans un ouvrage. Une vieille servante débarrassait les restes du dîner. Une bûche achevait de se consumer dans l'âtre. Le jeune archer s'avança derrière leur hôtesse, dévorant des yeux ce qui l'entourait. C'était si différent de tout ce qu'il connaissait.

– Monsieur Cartier ! appela Catherine. Nous avons de la visite.

Le capitaine reposa sa plume sur son encrier d'étain et se leva. Un grand livre couvert d'annotations était ouvert devant lui, ainsi qu'un parchemin où Josselin aperçut le dessin d'une rose des vents.

– Pardonnez-moi, ma dame, j'étais si concentré sur les notes prises lors de mon dernier voyage que je ne vous avais pas entendue. Qui m'amenez-vous là ? Ah, mademoiselle ma filleule !

À Saint-Malo, tout le monde savait l'amitié qui unissait Colin Jago au navigateur. Ils avaient bourlingué ensemble à l'époque où les francs-archers protégeaient les navires marchands. Puis, à la naissance d'Anne, Cartier était devenu le parrain de l'enfant. Le même Cartier avait ensuite appuyé, de tout son pouvoir de notable, l'idée de Jago de créer la compagnie de l'Épervier.

Le capitaine se leva et vint vers eux. Au même moment, Anne poussa un cri aigu. Un petit être velu avait bondi d'une poutre jusque sur son épaule. Elle hurla de plus belle en le sentant s'accrocher à ses cheveux. Aussi affolé qu'elle, l'animal piaillait. Il se cramponnait avec ses minuscules griffes, ses grands yeux écarquillés, montrant ses petites dents blanches.

Josselin avait reconnu un ouistiti comme celui offert par son parrain.

– Cessez de crier, mademoiselle Jago ! dit-il en saisissant la petite boule de poils. Vous l'effrayez. Regardez, ce n'est qu'un singe, et plus petit que ma main !

Blotti contre lui, le minuscule animal, vêtu d'un habit de velours rouge, se calmait. Son émotion passée, Anne se pencha.

– Quelle étrange petite bête ! fit-elle. Je n'en avais jamais vu qu'en sculpture à l'église et on m'avait dit que c'était la représentation d'un démon.

– N'ayez crainte, ma filleule, ces petits singes n'ont rien de démoniaque. Ils se nourrissent de la sève des arbres, de fruits et d'insectes tout comme les mulots de nos jardins. Dans le lointain pays d'où vient celui-ci, le Brésil, c'est l'ami des Indiens et particulièrement de leurs enfants. Il est juste très craintif.

Anne hocha la tête.

– On dirait qu'il vous a adopté, jeune homme, fit Cartier en observant le ouistiti qui avait rejoint l'épaule de Josselin. Il s'appelle Serpolet.

Serpolet se nicha dans le cou de l'archer. Il s'agrippait à son col, ses doigts serrant le tissu. Il était doux et chaud, et le garçon sentait son souffle sur sa joue.

– Je peux le caresser ? demanda Anne, hésitante.

Josselin acquiesça et elle tendit la main, effleurant

la longue queue en panache. Le ouistiti montra les dents mais ne bougea pas.

— Merci, murmura-t-elle. J'ai eu si peur.

Le garçon hocha la tête, distrait. Son regard parcourait la pièce. Il y avait tant de trésors. Une maquette de bateau était suspendue au plafond. Au mur était accrochée une plaque de bois creusée de dizaine de trous dans lesquels étaient enfoncés de petits taquets retenus par des ficelles de couleur… Sur la table de travail était posé un outil en forme de croix, taillé dans une matière aussi noire que la nuit. Il avait l'impression d'être entouré d'objets magiques dont il ne comprenait ni la signification ni l'usage.

— Eh bien, fit le capitaine qui avait suivi son regard, je vois que mon arbalestrille vous intrigue, jeune homme ?

— Je me demandais, monsieur…

Il hésita, partagé entre un respect craintif et l'émerveillement.

— Mais je vous reconnais, vous étiez avec Jago, ce matin. Comment vous appelez-vous ?

— Josselin Trehel, monsieur.

Cartier avait saisi l'outil en forme de croix.

— Trehel, comme le patron du Lion Vert ?

— Oui, monsieur, c'est mon père.

Le capitaine revint à la longue canne à section carrée qu'il tenait à la main. Sur les différentes faces étaient gravés des degrés.

— On l'appelle aussi « bâton de Jacob ». Celui-ci est

en ébène, un bois noir, lourd et très dur qui nous vient des lointaines forêts d'Afrique. En mer, il me sert à mesurer la hauteur du soleil, mais aussi celle des planètes et des étoiles. Cette longue canne est la flèche, et j'enfile dessus l'un ou l'autre de ces marteaux.

Il désigna des morceaux de bois de longueurs différentes, percés d'un trou carré.

– Le plus petit se nomme le « gabet »… Mais je parle, je parle, et je n'ai même pas embrassé ma filleule.

Il s'approcha d'Anne et déposa un baiser sur son front.

– À chaque retour de voyage, je vous trouve plus grande. Moi qui vous ai connue enfançonne, vous serez bientôt bonne à marier !

Anne protesta en rougissant.

– Je ne suis point pressée, mon parrain.

Catherine des Granges entoura les épaules d'Anne dans un geste protecteur.

– Cessez donc, monsieur, vous nous gênez ! fit-elle. Nous vous laissons, j'ai à faire avec mademoiselle à l'étage.

Et elle l'entraîna vers l'escalier.

– Je ne savais pas que vous connaissiez mon père, monsieur, osa remarquer Josselin.

– Même si nous sommes nombreux, Saint-Malo est une île, et puis votre père n'a pas toujours été aubergiste… Au fait, comment va-t-il ? Et votre mère, madame Mathilde ?

– Vous savez aussi le prénom de ma mère ?

145

Il allait d'étonnement en étonnement.

– Ma foi oui ! Son terrible destin n'a laissé personne insensible.

– Que voulez-vous dire, monsieur ? souffla le garçon, le cœur battant à tout rompre.

Cartier le dévisagea, l'air songeur.

– Ignoreriez-vous votre propre histoire ?

– Je le crains, monsieur.

– Alors ce n'est point à moi de vous l'enseigner, mais à vos parents.

Josselin protesta.

– Je ne suis plus un enfant et si Dieu le veut, je ferai bientôt partie de la compagnie de l'Épervier. Par Dieu, monsieur, dites-moi tout.

– Asseyez-vous.

Josselin se laissa tomber plus qu'il ne s'assit sur le banc que le capitaine lui désignait.

Cartier le regarda un long moment avant de commencer.

– Votre père a beau être un homme fort discret, ici, à Saint-Malo, nous savons qu'il a mis en déroute une bande de routiers.

Josselin retenait son souffle.

– Ces bandits de grand chemin ont tué tous les serviteurs et achevé celui qui serait devenu votre grand-père, le gentilhomme du Haut-Plessis. Je ne sais comment Jehan Trehel a réussi à sauver la jeune Mathilde du Haut-Plessis… Le manoir a brûlé, il n'en est pas resté pierre sur pierre. Un désastre.

Il allait poursuivre, mais déjà, on entendait un bruit de pas dans l'escalier.

– Il vous faut questionner votre père. C'est à lui de compléter ce récit.

Josselin aurait voulu en savoir davantage, mais son émotion était si forte qu'il n'arrivait pas à parler. Il comprenait soudain les peurs de sa mère, l'angoisse de son père…

Les deux femmes les rejoignirent mais tout à ses pensées, Josselin les regarda à peine.

– Monsieur Cartier, votre filleule a accepté de nous aider, déclara Catherine des Granges. Elle viendra ici chaque jour et veillera sur tout en mon absence. Je peux donc aller dès demain rejoindre ma pauvre tante.

Josselin se demanda ce qu'était ce « tout » sur lequel la voix de la jolie madame Cartier avait appuyé.

– C'est bien, ma dame. Vous voilà donc rassurée, fit le capitaine. Mais laissez ces jeunes gens rentrer, il se fait tard et il ne fait pas bon traîner dans les ruelles après le couvre-feu.

Dans un mouvement gracieux, Catherine se tourna vers Anne pour l'embrasser. Les deux femmes se serrèrent un moment l'une contre l'autre. Josselin rendit à regret Serpolet à Cartier qui le déposa avec douceur sur un coussin de velours près de la cheminée. Après un dernier coup d'œil au petit animal, Anne et Josselin se retrouvèrent dehors. La clef tourna dans la serrure.

Ils marchaient en silence depuis un moment quand Anne lâcha :

– Je n'aime point ça !

– Que voulez-vous dire ?

Josselin était si secoué par les révélations de Cartier qu'il ne lui avait pas vraiment prêté attention depuis qu'ils avaient quitté la maison de la rue du Buhen. Il se tourna enfin vers elle. Anne avait le visage grave, les sourcils froncés.

– Vous ne le répéterez pas, Josselin Trehel ?

– Répéter quoi ?

– Vous le jurez ?

– Mais oui, je le jure ! fit le garçon non sans impatience.

– Tout ça, c'est à cause de la mort de Michiel. Comme madame doit aller soigner sa tante, je vais la remplacer.

– Je ne vois là rien qui puisse vous gêner.

– Je dois lui donner à manger…

Elle se tut comme si elle en avait trop dit.

– J'ai pourtant aperçu une servante qui doit être leur cuisinière.

– Vous ne voulez pas comprendre ! s'énerva Anne.

– Je comprendrais mieux si vous parliez autrement que par énigmes, grommela l'archer.

– Oubliez ce que je vous ai dit ! Vous entendez ? Oubliez !

Le ton était cassant et Josselin se mura dans un silence vexé. Décidément, il ne comprenait rien aux filles. Pourtant, il avait eu l'impression qu'elle l'appréciait davantage qu'Elyot ou Henry. Il chassa ces pensées maussades et revint à ce qui le préoccupait : les confidences de monsieur Cartier.

Ils n'ouvrirent plus la bouche jusqu'à la maison de maître Jago. Anne ne le salua pas et, quand il voulut lui dire adieu, elle lui claqua la porte au nez. Il resta planté devant le battant fermé puis s'en alla, plus blessé qu'il ne voulait l'admettre.

Les ruelles étaient baignées par la lueur blafarde de la lune.

Soudain, Josselin entendit un glissement furtif. Il fit volte-face, juste à temps pour voir disparaître la silhouette entrevue dans la venelle près de chez Cartier. Le marin les avait donc suivis ? Un frisson le parcourut. Il saisit son couteau et partit d'un pas rapide vers la porte Saint-Thomas. Heureux d'entendre le « Qui va là ? » rassurant, prononcé par la grosse voix de Guillaume, de garde devant le poste.

– Josselin Trehel ! répondit-il

Il arrivait à temps pour la relève.

23

Josselin avait regagné la courtine et il prit son tour de garde à la place de Perrin.

Cette fois, il était sur la plate-forme à côté du moulin Collin; en face de lui, dans la nuit claire, se dessinait le cap qui fermait la baie… Il pensait à la sombre histoire de ce gentilhomme du Haut-Plessis, ce grand-père qu'il n'avait jamais rencontré. Était-ce la rudesse de l'entraînement ou bien sa visite chez les Cartier? Il se sentait à la fois fatigué et excité.

Il s'appuya au parapet. La nuit était belle. La lune brillait et son reflet dessinait un chemin d'argent sur les vagues. Gamin, il rêvait de marcher sur l'eau jusqu'à l'horizon, persuadé que cette allée de lune lui permettrait d'accéder à quelque paradis où poussaient citronniers, vignes et bananiers, un lieu où de petits singes comme Serpolet ne mouraient pas…

Tout cela le ramena au pays d'Itaminda. Il sortit le pendentif de corne et le contempla de nouveau, essayant de comprendre les signes qui y étaient gravés. Mais c'était sous-estimer la fatigue et les émotions de cette longue journée. Ses paupières étaient lourdes, le sommeil le gagnait. Il rangea l'objet dans sa bourse, qu'il referma soigneusement, et reprit son arc. Il enviait ceux qui avaient pu regagner leur couche au poste de garde. Tout était calme. Presque trop calme…

Il s'était endormi malgré lui et le froid le réveilla, recroquevillé contre le parapet, son arc en travers des genoux. Il se souvint d'avoir rêvé de quelqu'un qui chantait une étrange et insistante mélopée.

Un garde approchait, il se redressa, salua l'homme d'armes et tira sur ses vêtements. C'est en frottant ses braies qu'il se rendit compte que sa bourse était ouverte et que le pendentif avait disparu.

24

Le lendemain, Josselin dut faire un effort pour se souvenir de son retour au poste après la relève de la mi-nuit. Il avait dormi tout habillé, sans même ôter ses bottes. Blotti sous sa couverture, il entrouvrit les yeux et aperçut Guillaume, Henry et Elyot qui sortaient.

D'un coup, il repensa au chant étrange entendu pendant son sommeil et à la disparition du pendentif en corne. Mais il était si fatigué, ses idées si embrouillées qu'il ne trouva pas d'explications. Il resta allongé malgré l'odeur de sueur et de sel qui se dégageait de ses vêtements.

Un bruit lui fit tourner la tête. Debout près de la cheminée, Anne préparait la soupe. Le garçon se redressa sur un coude et resta à l'observer. Elle dut sentir son regard car elle se retourna brusquement.

– Debout, Josselin Trehel! Vous n'avez pas entendu la cloche? L'alarme est donnée, il faut que vous alliez prendre vos ordres à la Grand-Porte. Dépêchez-vous! Les autres viennent de partir, vous pouvez encore les rattraper.

L'alerte ! Encore hébété de sommeil, Josselin regarda autour de lui et s'aperçut qu'il était seul. Sans prendre le temps de se changer, il enfila son équipement.

– Josselin, attendez ! Prenez ça !

Il s'arrêta sur le seuil. Anne, évitant de croiser son regard, lui tendit un morceau de pain avec du lard et lui claqua la porte au nez avant qu'il ait pu la remercier.

Il resta un moment interdit, puis partit en courant. Il pleuvait. Une petite pluie fine qui acheva de le réveiller. Il rattrapa bientôt Guillaume.

– Quel caractère…, grommela-t-il en calant son pas sur le sien.

– De qui tu parles ?

– La fille de Jago. J'la comprends pas.

– Tu sais, à part Henry Davy qu'est toujours à se vanter, y a pas un seul d'entre nous qui comprenne grand-chose aux filles !

Guillaume, qui trouvait que Josselin allait trop vite, s'arrêta pour souffler et ajouta :

– C'est vrai qu'elle est mignonne, et même, je crois bien que tu lui déplais pas.

– Qu'est-ce que tu racontes ! protesta le fils Trehel, flatté malgré lui.

– Dépêchez-vous tous les deux, ou l'Jago va nous tuer ! cria Henry du haut de l'escalier menant à la courtine.

Josselin monta les marches, faisant attention à ne pas glisser sur les pierres luisantes de pluie. À peine était-il arrivé sur le rempart que le vent le frappa de plein fouet. Un vent de nord-est, inhabituel dans l'anse protégée de Mer-Bonne, soufflait en rafales, provoquant des à-coups sur les amarres. Les bourrasques avaient fait se lever des vagues qui s'engouffraient sous la voûte arrière des navires. À bord, les marins vérifiaient les cordages et fixaient tout ce qui pouvait rouler sur les ponts ou se balancer dans les mâtures. Non sans mal, les gabiers grimpaient dans les haubans. Déséquilibrés par les coups de boutoir de la mer, ils devaient se cramponner pour ne pas chuter sur le tillac ou basculer par-dessus bord.

Sans se soucier du vent et de la pluie qui frappaient son visage, Josselin, fasciné, regardait toute cette agitation.

— Viens, fit Guillaume.

Ils rejoignirent le sergent près de la guérite, au-dessus de la Grand-Porte. Le soldat les regarda puis haussa les épaules.

— L'alerte nous concerne pas ! dit-il en se tournant de nouveau vers le port. Mais c'est sûr, va y avoir de la casse.

En voyant le navire de Cartier, le *Curieux*, en travers au milieu des autres, Josselin comprit pourquoi l'alarme avait été donnée. La poupe de la caravelle n'était plus amarrée. Le vent l'avait drossée sur un lourd bateau de pêche qu'elle cognait au rythme des vagues. Le port grouillait d'embarcations légères à bord desquelles les marins essayaient de récupérer les filins lancés par ceux du *Curieux*. Les équipages des autres navires étaient venus « prêter la main » pour remorquer le navire de Cartier. Malouins, Normands et Portugais souquaient ferme pour le remettre en place. Cartier, debout, planté bien droit sur le gaillard d'arrière, dirigeait les manœuvres :

– *Recuperar as amarras*, récupérez les amarres, *atenção a onda*, attention à la vague !

À bord d'une barque à six rameurs, l'Ours et les matelots du *Saint-Georges* se jouaient des vagues et filaient vers l'embarcation de Cartier. Le Normand barrait si bien son embarcation que, tandis que la plupart des canots retombaient lourdement dans les creux, le sien semblait voler au-dessus des flots.

Sur le bateau de pêche, les marins, munis de gaffes et d'avirons, essayaient de repousser la caravelle qui enfonçait un peu plus leur coque à chaque vague.

Portés par le vent, des hurlements arrivèrent jusqu'aux archers. Un des pêcheurs venait de basculer entre les coques. Ses compagnons lui lancèrent des cordages qu'il ne put saisir tant les vagues étaient fortes. Elles le projetèrent sous la poupe où il resta bloqué.

Josselin le vit se débattre désespérément avant de disparaître comme happé par quelque infernale créature sous-marine. Les flots se refermèrent…

Le jeune homme resta immobile, les mains crispées sur son arc, la gorge nouée.

25

Malgré le vent qui continuait à souffler en rafales, tout rentra bientôt dans l'ordre. Le *Curieux* s'en sortait bien avec seulement son beaupré cassé et son pavois tribord enfoncé. De nouveaux filins d'amarrage avaient été tendus juste à temps. En ce jour de grande marée, la mer se retirait si vite que la quille se poserait bientôt sur la vase.

À bord des canots, les matelots, épuisés, souquaient vers la grève. Un coup de rame de l'un d'entre eux fit remonter un corps : celui du malheureux tombé entre les navires. Il fut hissé à bord en silence. En arrivant sur le rivage, on le posa sur une voile qui lui servit de civière. Des femmes se précipitèrent. L'une d'elles poussa un cri aigu et s'écroula à genoux.

Les bateaux se calaient dans la vase. Le vent s'était calmé mais la pluie tombait plus dru. Guillaume, Henry, Elyot et le fils Trehel s'étaient abrités dans la guérite.

Josselin frissonna mais la pluie n'y était pour rien. Le cortège funèbre avait disparu derrière la courtine et les hurlements de chagrin de la femme l'avaient remué. Pour chasser ces sinistres images de son crâne, il entreprit de s'occuper de son matériel. Il mettait la corde de son arc sous son casque à l'abri de l'humidité lorsqu'il vit Cartier et Jago passer sous la voûte de la Grand-Porte. Il n'entendit que des bribes de conversation hachées par le vent :

– Peut-être que le frottement…, disait son maître.

– Je ne pense pas, des amarres neuves et doublées, lui répondait Cartier.

La pluie se renforçait, il ne saisissait plus que quelques mots :

– Sabotage… coupé… Indien… deux archers…

Bientôt, il n'entendit plus rien mais sa curiosité était piquée. Il y pensait en regardant le port lorsqu'une voix le fit se retourner. Jago se tenait devant eux avec le navigateur. Le maître, pensif, les regarda un à un avant de déclarer :

– Henry et Elyot, prenez une réserve de flèches, vous allez à bord du *Curieux*. Monsieur Cartier va vous présenter à son second. Je compte sur vous pour veiller sur ce bateau, ne me décevez pas !

– Allons-y, dit Cartier en se dirigeant vers les escaliers.

Guillaume et Josselin regardèrent leurs compagnons s'éloigner.

– Vous deux, retournez au poste et dites à ceux qui sont là-bas de se préparer pour un entraînement. On se retrouve porte Saint-Thomas.

Les jeunes gens saluèrent et partirent d'un bon pas. En arrivant au poste, ils trouvèrent les archers qui n'étaient pas de garde en train de se reposer ou de jouer aux dés.

— Debout les gars ! fit Guillaume. Le maître trouve qu'on se prélasse un peu trop. Il nous attend porte Saint-Thomas.

Il y eut bien des grognements et même quelques jurons, mais tout le monde se leva. Quant à Josselin, il réajusta son équipement. L'odeur de sueur qui s'en dégageait lui rappela qu'il ne s'était ni lavé ni changé depuis la veille. Et ce n'était pas maintenant qu'il allait pouvoir le faire. Ils filèrent au rendez-vous où leur maître les attendait.

— Vous allez courir jusqu'à Paramé et, ensuite, vous me rejoindrez derrière l'Islet. Je veux voir comment vous nagez.

— Mais je ne sais pas, lança l'un d'entre eux.

— Tu ne sais pas quoi ? Courir ou nager ? rétorqua Jago, moqueur.

— Courir ça, je sais. Mais nager, j'ai jamais réussi.

— Moi non plus ! renchérirent deux autres.

— Ni moi.

— Et puis, à quoi ça sert ? Même les marins, y savent pas, reprit Guillaume.

— Même les chiens savent nager ! asséna le maître. Alors, mes gaillards, vous allez apprendre.

Josselin ne disait rien mais il était inquiet. Il avait bien essayé, lui aussi, avec Armel, mais il n'avait réussi qu'à avaler toute l'eau de la baie.

Les discussions s'interrompirent. Une longue file

de marins venait d'apparaître, portant une civière. Ils allaient déposer le noyé dans la chapelle Saint-Thomas pour la veillée mortuaire.

Ils venaient, bien involontairement, de donner aux archers une bonne raison d'apprendre à nager.

26

En rejoignant le maître d'armes, derrière l'Islet, à l'abri du vent et des vagues, la plupart des jeunes gens traînaient des pieds. Seul Perrin semblait se réjouir. En fils de pêcheur, il avait maintes fois aidé à l'arrivée des barques dans les rouleaux.

– Dépêchez-vous ! ordonna Jago. Mettez-vous en braies et faites-moi voir ce que vous savez faire.

Malgré son attitude renfrognée, Guillaume fut le premier prêt. Sans se méfier, Josselin posa son équipement militaire sur un rocher, bien au sec, et délaça le col de sa chemise. Des mains le saisirent et le soulevèrent. Il eut beau se débattre en vociférant, Perrin et Guillaume tenaient bon et, après lui avoir arraché ses bottes, ils le jetèrent tout habillé dans les vagues.

Rouge de colère, battant des bras et des jambes, le fils Trehel essaya tant bien que mal de regagner le rivage. Les autres se tordaient de rire.

– Mets-toi debout ! cria Guillaume. T'en as que jusqu'aux genoux !

Josselin s'agenouilla, ballotté par les vagues, des algues dans les cheveux, vexé et furieux à la fois.

– Ça y est, t'es debout ! renchérit Perrin dont la haute taille le surplombait.

Jago ne disait rien, les laissant se détendre. Josselin se sentit tellement ridicule qu'il éclata d'un fou rire et, tout en se débarrassant des algues, attrapa Perrin par les chevilles et le fit basculer. L'autre avala une bolée d'eau de mer, la recracha en toussant puis éclata de rire à son tour. Une fois calmés, leurs regards convergèrent vers Guillaume qui comprit qu'ils allaient se liguer contre lui.

– Allez, tous à l'eau ! cria Jago, du haut de son rocher.

Il s'ensuivit une joyeuse pagaille. Ceux qui avaient peur furent poussés par le Sanglier qui, malgré une attaque simultanée de Perrin et de Josselin, s'était débarrassé de ses adversaires.

– Ça suffit ! ordonna Jago. Maintenant, je voudrais voir comment vous nagez.

L'ordre du maître les fit se redresser. Ils avaient de l'eau jusqu'à la taille. Perrin s'élança le premier. Il nagea maladroitement sur la vingtaine de pas qui les séparaient du rocher sur lequel se tenait Jago, les bras croisés. Le maître ne prononça pas un mot mais son regard insistant était assez explicite. Des gerbes d'eau entourèrent les jeunes archers qui se débattaient pour progresser avant de se redresser pour reprendre leur souffle. Progressivement, ils perdirent pied et furent bien obligés de ne plus prendre appui sur le fond pour rejoindre Perrin qui les encourageait.

Alors que tous le pensaient sans crainte, Louis n'avait pas traversé. Son regard trahissait la panique qui s'emparait de lui. Il suffoquait à chaque vague qui lui couvrait le torse lorsque la voix de Jago, qui s'impatientait, retentit :

— Bon, tu y vas ? Tu n'es pas une poule mouillée que je sache !

Le fils de l'armateur, piqué au vif, se jeta dans les vagues. Alors que tous s'attendaient à le voir se débattre, il disparut instantanément sans refaire surface.

— Allez le chercher ! cria le maître. Vite !

Tous se précipitèrent pour porter secours à leur camarade. Le temps passait et Jago, habituellement impassible, était tendu.

Un cri retentit :

— Par ici !

Josselin venait de tirer Louis vers la surface mais, malgré tous ses efforts, ne réussissait pas à le ramener vers le rivage. Guillaume accourut, maintenant la tête du fils de l'armateur hors de l'eau.

— Venez nous aider ! gueula le Sanglier qui, malgré l'aide de Josselin, avait du mal à tirer le corps inerte que de courtes vagues recouvraient.

Les archers accoururent. En unissant leurs efforts, ils ramenèrent le noyé et l'allongèrent sur le sable. Jago leur ordonna de s'écarter et mit le jeune archer sur le flanc.

— Josselin et Guillaume, gardez-le comme ça, il faut qu'il recrache tout ce qu'il a avalé.

Un filet d'eau commença à couler de la bouche de Louis.

– Reviens, mon gars, dit Jago, en lui assénant de grandes tapes dans le dos.

Louis toussa, cracha. Ses yeux roulèrent dans leurs orbites avant de se fixer dans le vide. Puis, progressivement, il contempla, hagard, ceux qui l'entouraient.

– Toi, on peut dire que tu reviens de loin ! lui glissa Jago avec un soulagement sincère.

Le jeune gars reprit ses esprits assez rapidement, puis il se redressa en vacillant, soutenu par Josselin qu'il ne repoussa pas.

– Aujourd'hui, le jugement de Dieu t'a été favorable, Louis, observa Jago. Mais dis-toi bien que sans eux tous, sans tes camarades, tu ne serais plus là !

– Oui, maître, fit Louis en baissant la tête.

– On y retourne, fit Jago. Toi aussi, Louis. Il ne faut jamais rester sur sa peur. Vous allez cesser de vous débattre et de nager comme des chiots apeurés. Je vais vous montrer comment faire, et après ça sera à vous.

Le maître se dévêtit. Son corps était sec et noueux et, dans son dos, deux longues cicatrices témoignaient de son passé guerrier.

Il rejoignit l'eau en quelques enjambées et plongea, disparaissant sous les vagues pour refaire surface plus loin. Il semblait glisser en se rapprochant d'eux. Il évolua un moment, leur montrant quelques gestes à faire.

– À vous ! ordonna-t-il enfin en sortant avant d'aller récupérer ses vêtements.

Les archers eurent bien des difficultés pour bouger les membres de façon coordonnée; mais, grâce aux conseils prodigués par Jago, ils finirent par se sentir plus à l'aise.

À la fin de l'entraînement, ils sautaient du haut des rochers, s'éclaboussant en riant. Louis, qui d'habitude ne se mêlait pas à ses compagnons, les avait rejoints. Jago était satisfait. Le danger les avait soudés.

27

Le retour avait été joyeux et, une fois arrivés près du poste, les jeunes gens s'arrosèrent en rinçant leurs braies dans l'eau saumâtre du puits. Josselin réalisa que tout cela lui avait permis, comme aux autres, d'oublier les derniers événements. Il observa Louis, qui venait de se rhabiller. D'avoir frôlé la mort l'avait changé. Il avait perdu son air hautain, essayant même de se rendre utile.

– On s'active, les gars, le repas arrive, remarqua le maître.

Les jeux cessèrent. Josselin regarda la jeune fille s'approcher et il n'était pas le seul.

Certains, dont Guillaume, faisaient rouler les muscles de leur torse en souriant. Une fois de plus, Anne passa devant eux comme s'ils n'existaient pas. Le fils Trehel se sécha et enfila une chemise propre.

– Bien le bonjour, mademoiselle, fit-il lorsqu'elle le frôla. Je voulais vous dire que j'étais désol…

Il n'acheva pas sa phrase. Anne était déjà entrée dans le poste en annonçant que s'ils voulaient manger chaud, il allait falloir qu'ils se dépêchent. Vexé, il ravala la phrase d'excuse qu'il avait mis tant de temps à élaborer et finit d'enfiler ses bottes.

L'entraînement avait aiguisé les appétits. Les archers s'engouffrèrent dans la pièce, se bousculant, se moquant les uns des autres en dressant la table :

— J'ai réussi à nager sur trente pas, disait l'un.

— T'appelles ça nager ? se moqua un autre. T'avais plutôt l'air de te noyer.

— Hé, Guillaume ! interpella Perrin, est-ce que t'es encore aussi rouge qu'un crabe qu'on sort de l'eau bouillante ?

Guillaume avait fait le saut le plus spectaculaire mais il était retombé à plat, ressortant des vagues le corps écarlate.

Le Sanglier se tourna d'un air si furieux vers son ami que celui-ci blêmit. Guillaume lui fit une affreuse grimace puis éclata d'un rire tonitruant.

— Si tu voyais ta tête ! se moqua le colosse. T'es devenu aussi blanc que mes braies ! Qu'est-ce que tu crois ? J'allais pas te taper ! T'es mon ami.

Et il administra une si violente bourrade au malheureux Perrin que celui-ci se retrouva assis sur le banc qu'il allait soulever.

L'attention de Josselin se reporta sur Jago et sa fille qui se tenaient à l'écart devant la cheminée et ne leur prêtaient plus attention. Anne parlait en faisant de grands gestes, trahissant son énervement. Son joli visage était crispé.

– Je n'y arrive pas, mon père, disait-elle.

L'air gêné, le maître essaya de couper court.

– Nous en parlerons plus tard, veux-tu ? Ce n'est ni le lieu ni l'heure.

– Mais, père, cela ne changera rien. Comprenezmoi, je n'arrive pas à lui donner à manger et je ne comprends rien à son jargon.

– Madame Cartier te fait confiance !

– Comment vous dire, mon père, je n'aime pas ce que je fais… Pourquoi l'enfermer…

D'un geste de la main, Jago l'interrompit. Il avait compris que Josselin les écoutait. Il se planta devant lui, le fixant jusqu'à ce qu'il rougisse.

– Notre conversation t'intéresse ? demanda-t-il enfin.

– Euh, non… non, maître, bredouilla l'archer.

– J'avais pourtant l'impression du contraire.

– Je vous assure, maître, protesta le fils Trehel avec véhémence.

Il aurait voulu disparaître dix pieds sous terre.

– Viens me voir à la fin du repas.

– Oui, maître, fit-il en baissant la tête.

Le repas fut entrecoupé d'anecdotes et de plaisanteries souvent trop grivoises au goût d'Anne qui cachait ses subites rougeurs en plongeant le nez dans son écuelle. Tous, sauf le fils de l'aubergiste, trop inquiet de ce que le maître lui réservait, dévoraient de bon appétit et se régalaient de l'excellent vin offert par Étienne Deslandes. Jago, silencieux, les laissait faire. Les plats et les cruches entièrement vidés marquèrent la fin du repas. Josselin espérait que son indiscrétion était oubliée quand le maître l'interpella.

– Tu n'as pas beaucoup mangé. Tu n'es pas malade, au moins ?

– Non, maître.

– Je désire voir Armel Gandon. Peux-tu lui demander de venir au poste ?

– Mais, fit le garçon embarrassé, c'est qu'il travaille à l'auberge.

– Dis-lui que j'ai besoin d'arcs pour la compagnie.

– Je crois pas que ce soit possible, mon maître. Il n'en fait que pour moi. Il a refusé de nombreuses commandes.

– Je sais tout cela, mais je ne connais pas de meilleur facteur d'arcs que lui. Je sais aussi qu'il refuse à cause de tes parents.

– À cause de mes parents…

Josselin avala difficilement sa salive, cherchant ses mots. Le maître haussa la voix, coupant court à toute discussion :

– Va ! Et hâte-toi !

Le ton de commandement avait ramené le silence dans la pièce. Le fils Trehel se leva, salua et sortit.

28

Des nuages noirs s'amoncelaient au fond de la baie. L'île de Cézembre avait disparu derrière un grain et la pluie s'abattit bientôt sur les remparts, jaillissant des mâchicoulis et des gargouilles.

Au lieu d'aller directement au Lion Vert, Josselin s'était abrité sous une porte cochère autant pour laisser passer la pluie que pour réfléchir à la requête du maître de l'arc. Anne passa devant lui sans le voir. Elle courait. Intrigué, il lui emboîta le pas au lieu de poursuivre son chemin. Ils marchèrent ainsi un bon moment l'un derrière l'autre, puis la fille de Jago, coulant un regard inquiet autour d'elle, frappa chez les Cartier, rue du Buhen.

Dissimulé dans un étroit passage, le jeune archer entendit la porte s'ouvrir et elle disparut à sa vue. Il aurait dû repartir. Au lieu de ça, poussé par la curiosité, il gagna l'extrémité de la ruelle avec l'idée de se glisser dans le jardin des Cartier.

C'est un mouvement dans la haie qui l'alerta. Quelqu'un avait bougé près de lui. Il se glissa dans un buisson et ne bougea plus. La pluie ruisselait sur son visage, dégoulinait dans son cou. Il attendit, le cœur battant, priant pour que l'autre, quel qu'il soit, ne sente pas sa présence. L'averse cessa soudain, aussi brusquement qu'elle avait commencé.

Une silhouette trapue se dressa alors, qu'un bref rayon de lumière éclaira. L'homme, un marin au visage buriné, à la mâchoire carrée et au cou de taureau, avait perdu le lobe de l'oreille droite. Josselin n'en vit pas davantage. Il se tassa sur lui-même, sentit l'autre passer si près qu'il aurait pu le toucher. Puis le silence. Josselin patienta un long moment avant de se redresser et de partir en courant vers l'auberge.

29

Les bras chargés d'une terrine et d'une miche de pain, Armel ne réagit pas. Josselin et lui étaient dans la réserve. Dans la salle de l'auberge, toute proche, on entendait le brouhaha des clients qui réclamaient à boire. Josselin répéta les paroles de Jago :

— Il veut des longbows pour la compagnie de l'Épervier et aucun autre facteur d'arcs que toi.

— Tu lui as dit que je ne touchais plus à tout cela ?

— Oui, répondit le jeune archer avant de s'interrompre car sa mère venait d'entrer.

Elle les regarda, puis ressortit. Depuis sa fuite de l'autre soir, elle paraissait plus fragile, plus absente aussi. Le jeune archer ne savait pas où son père l'avait trouvée ni dans quel état ; mais quand il était arrivé, elle ne l'avait même pas salué.

Armel fronça les sourcils avant de se tourner de nouveau vers son jeune ami.

— Faut que j'aille travailler.

— Mais pourquoi, si tu fabriques des arcs pour moi, n'en ferais-tu pas pour Jago ? le questionna Josselin. Je comprends pas.

Son ami n'eut pas le temps de répondre. L'aubergiste venait d'entrer à son tour.

— T'as pas entendu que je t'appelais, Armel ?

— Si, si, j'arrive.

— Et toi, mon fils, encore à parler d'arc ! Morbleu, je croyais avoir été clair. Pas de ça ici. Tu as vu dans quel état est ta mère ? Quant au Jago, il a qu'à se débrouiller. Après toi, il faut qu'Armel s'en aille aussi, peut-être ? Il croit qu'elle marche toute seule, notre auberge ?

— Mais non, mon père…, protesta le jeune archer.

— Laisse Armel faire son ouvrage. Et retourne au poste lui dire que c'est non.

Armel vint à la rescousse.

— Allons, Jehan ! Réponds pas à ma place. Et t'en prends pas au gamin. De toute façon, j'ai décidé d'accepter. Je travaillerai la nuit s'il le faut. Être un facteur d'arcs, c'est pas un déshonneur, et puis ça nous rappellera…

— Je veux que ça me rappelle rien, tu entends ? Rien ! le coupa l'aubergiste. Mais t'es libre de faire ce que tu veux.

— On parlera de ça tous les deux quand tu seras plus calme, répondit Armel sans s'émouvoir en regagnant la salle.

Jehan resta un moment immobile, puis il se pencha vers Josselin. Ses paupières tressautaient, signe chez lui d'une colère contenue.

— Je veux plus entendre parler de tout ça !

— Oui, mon père.

Josselin aurait dû tourner les talons, pourtant il ne bougea pas. Une étrange colère grandissait en lui. Colère contre lui-même, colère contre Jehan qui le traitait toujours comme un gosse. Il avait cent fois répété la manière dont il allait poser les questions qui le taraudaient. Pour la première fois, sans doute, il osa lever les yeux vers son père et il le regarda en face.

– Quoi encore ? s'impatienta Jehan.

– J'ai accompagné mademoiselle Jago chez le capitaine Cartier, l'autre soir…

Son père se taisait. Il poursuivit, le cœur cognant dans sa poitrine, s'étonnant de sa propre audace :

– Le capitaine m'a parlé du gentilhomme du Haut-Plessis…

À l'énoncé de ce nom, l'aubergiste blêmit. Enfin, d'une voix sourde, il lâcha :

– Il a beau être capitaine, le Cartier, il se mêle de ce qui le regarde point, et toi aussi !

Et avant que le jeune homme ait pu ajouter un mot, il le planta là. Le battant se referma. Il se retrouva seul dans la réserve. Il y avait toujours autant de bruit dans l'auberge, mais il n'y prêtait plus attention. La gorge serrée, il sortit en claquant la porte, traversa la salle sans regarder personne et partit sans se retourner.

Il était déjà loin quand il entendit qu'on le hélait. C'était Armel qui le rejoignait, le souffle court, traînant sa jambe blessée.

– Ah ça, pour la course, j'suis plus aussi bon, mon gars !

Il posa la main sur l'épaule du garçon.

– Sois pas fâché. Ton père, il a pas le caractère facile, pour ça, non, mais c'est un bon bougre et il tient à toi.

Amer, le jeune archer secoua la tête.

– Arrête, Armel, je te crois plus. Je suis plus un gamin. T'as plus besoin de me protéger. Pourquoi y veut rien dire ? Qu'est-ce qui cache ? Il m'avait même pas parlé de toi.

– Dans ces moments-là, tu lui ressembles, de vraies têtes de bois tous les deux ! grommela Armel. S'il veut pas parler, c'est pour pas peiner Mathilde. L'est fragile, ta mère, tu le sais. Mais un jour, il te dira tout.

– Quand ? J'ai plus six ans. Je veux savoir… J'ai le droit de savoir qui est réellement ma famille. J'en ai assez de tous ces mystères.

– Ton maître d'arc t'enseigne donc pas la patience ? le coupa son vieil ami.

Son visage s'était fermé et Josselin s'en voulut aussitôt de s'être emporté.

– Pardonne-moi, Armel. Je voulais pas m'énerver contre toi.

– Non, il est temps, tu as raison, répondit Armel. Laisse-moi faire, mon gamin. Je vais en discuter avec ton père et je te promets que bientôt tu sauras tout.

Puis il le serra dans ses bras et murmura :

– Mais tu sais, la vérité c'est pas toujours facile à avaler…

Il le lâcha enfin et fit demi-tour. Josselin resta un long moment au milieu de la rue, se répétant cette dernière phrase jusqu'à ce que le cri d'un charretier qui déboulait avec son chargement l'arrache à ses pensées.

Agacé et vexé par ce qu'il prenait pour un manque de confiance, il repartit en courant vers le poste, puis obliqua soudain vers la rue du Buhen et ne ralentit qu'une fois dans le jardin des Cartier. Il avança sans bruit, regardant autour de lui. Mais il n'y avait personne. En revanche une chandelle était allumée dans la chambre de l'étage. Il resta un moment à fixer la fenêtre entrouverte puis se décida. Il aurait bien été en peine d'expliquer pourquoi. Voulait-il juste voir Anne ? Comprendre ce qui se passait chez le capitaine ? Toujours est-il qu'il empoigna le tronc du vieux lierre qui courait sur la façade. Quelques secondes plus tard, il arrivait sous l'appui de la fenêtre. Il allait se glisser à l'intérieur quand le bruit de la serrure le fit se plaquer contre le mur. Il reconnut dès les premiers mots la voix d'Anne parlant à quelqu'un avec une douceur inhabituelle.

– Comment vas-tu ? Tu n'as rien mangé de ce que je t'ai donné tout à l'heure ! Il faut que tu manges, tu comprends ? Manger… Man… ger.

Était-ce un enfant qui se tenait là ? En tout cas, personne ne répondit.

– Il faut manger, répéta Anne. Regarde, je t'ai apporté des pommes. On m'a dit que tu aimais ça. Elles viennent de mon jardin. Tu comprends ce que je te dis ?

175

Toujours aucune réponse.

Josselin glissa un œil. De là où il était, il ne voyait pas grand-chose : un coffre, le plancher, la porte par où Anne venait d'entrer…

– Je reviendrai tout à l'heure. Essaye au moins de manger la pomme. Tu veux bien ?

Toujours aucune réponse.

Il se plaqua de nouveau contre la paroi. Anne avait traversé la pièce et venait de s'asseoir sur le coffre, l'air découragé.

– Ce n'est pas possible. Je ne sais plus quoi faire de toi. Si, au moins, tu essayais de me parler. Et puis, il va falloir que je lave et brosse tes cheveux. Et tes vêtements, il faut en changer. Pourquoi tu ne veux pas dormir dans ce lit ? Tu peux pas rester par terre. Parle-moi, s'il te plaît. Je préférais quand tu me parlais, même si je comprenais rien.

Josselin tendit l'oreille. Il n'y eut pas même un murmure. Rien.

– Je vais chercher une bassine avec de l'eau tiède et du savon. Mange un peu.

Anne sortit. La clef tourna dans la serrure.

C'était donc bien un prisonnier qui se tenait là. Josselin comprenait mieux le désarroi de la fille de Jago, son refus de continuer la tâche qu'on lui avait confiée.

Il se hissa sur le rebord de la fenêtre et tendit le cou pour essayer de voir celui qu'on retenait captif.

Il n'eut pas le temps de réagir. Quelqu'un l'attrapa

176

par les épaules, le tira à l'intérieur et, avant qu'il ait pu esquisser le moindre geste, lui asséna un coup sur le crâne. Sa vue se brouilla mais il ne perdit pas connaissance. Il se sentit tomber.

Plus tard, à moins que ce ne fût au même instant, un visage se pencha sur lui. Il avait l'impression de flotter dans un épais brouillard. Tout était flou… Pourtant, ces longs cheveux noirs… C'était l'Indien ! L'Indien était revenu. Josselin voulut crier mais aucun son ne sortit de ses lèvres. Étendu de tout son long sur le plancher, encore étourdi, il ne put que regarder, impuissant, l'Indien enjamber le rebord de la fenêtre.

Josselin avait mal à la tête, une douleur lancinante comme si on le frappait avec un marteau.

Il passa la main dans ses cheveux et regarda ses doigts poisseux, rougis. Sur le sol, un peu plus loin, l'assiette brisée qu'il avait prise sur le crâne. Il essayait de se redresser quand Anne entra. Elle le regarda, les yeux arrondis d'étonnement.

– Qu'est-ce que… Josselin Trehel… Mais où est… Oh, mon Dieu !

Elle ressortit en appelant :

– Monsieur Cartier, monsieur Cartier !

Josselin parvint enfin à se relever. Le sol tanguait. Le lit était vide, les draps en tas sur le sol. Une étrange odeur d'épices flottait dans l'air.

30

Josselin était encore sonné quand Cartier entra dans la pièce. Le capitaine avait l'air furieux. Abandonnant le vouvoiement, il le tutoya :

– Que fais-tu là, Josselin Trehel ? gronda-t-il en l'attrapant par le col et en le soulevant de terre. Tu es entré par la fenêtre comme un voleur ?

– Pardon, monsieur, pardon, je ne voulais pas…

Le marin le reposa. L'archer tira sur son col et balbutia :

– J'aurais pas dû… Pardon. J'avais compris que vous cachiez quelqu'un à l'étage et la curiosité a été la plus forte, j'ai voulu savoir qui c'était. Et puis, il y a ce marin qui rôde autour de votre maison. J'aurais dû vous prévenir.

– Un marin ! Quel marin ? Explique-toi !

– Quand nous sommes venus hier au soir avec mademoiselle Jago, cet homme était dans la ruelle, ensuite, il nous a suivis jusqu'à la rue de l'Orme. Et je l'ai revu ce soir.

– Son visage ?

– Avec la pluie, j'y voyais pas grand-chose. Tout ce que je sais, c'est qu'il lui manque le lobe de l'oreille droite.

Cartier fronça les sourcils. Il semblait avoir pris une décision.

– Il faut retrouver Kalui. On a déjà enlevé et tué son frère. Je refuse qu'il lui arrive malheur.

– Kalui ? Mais je croyais… Tout le monde m'a dit qu'il n'y avait qu'un seul Indien à votre bord.

– À mon bord, non, mais sur le pont, oui.

Soudain, tout s'éclaira. L'Indien que le garçon avait vu était le frère du guerrier mort. Il avait regardé Itaminda mourir sous les crocs des dogues, il fixait la barque qui emmenait son cadavre…

– Alors j'ai déjà vu Kalui ! s'exclama Josselin. Je croyais même que c'était le fantôme d'Itaminda.

– Tu es sûr de cela ?

– Oui, sur les remparts. Aussi vrai que je vous vois, et à trois reprises.

Il omit juste de dire que l'Indien lui avait dérobé la lune de corne. Après tout, ne lui appartenait-elle pas davantage qu'à lui ?

– Kalui a peut-être entendu du bruit le soir où on a enlevé son frère, fit le navigateur.

– Oui, et avec le lierre qui grimpe jusqu'à l'étage, ce n'était pas difficile pour quelqu'un d'agile d'entrer et de sortir à votre insu.

Cartier paraissait de plus en plus soucieux. Anne

179

surgit à ce moment, essoufflée, les cheveux en désordre. Elle fit un signe négatif de la tête.

Cartier était un homme de décision.

– Je crains le pire. Partez immédiatement à sa recherche tous les deux.

– Oui, capitaine.

– Je reste ici au cas où Kalui reviendrait. Ma fil-leule, prévenez votre père et demandez-lui du renfort. Avec le sort qui s'acharne contre moi, je n'ai plus confiance qu'en lui.

– Oui, mon parrain.

Josselin et Anne sortirent tous les deux. Une fois dehors, l'archer se tourna vers la fille de son maître.

– Je vous demande pardon, fit-il. Tout cela, c'est à cause de moi. J'aurais dû vous parler.

Elle haussa les épaules.

– Croyez-vous que je sois fière d'avoir laissé fuir Kalui ? Pas une fois, je n'ai réussi à comprendre… Mais ne restons pas là.

Elle regardait, les sourcils froncés, l'obscurité qui gagnait.

– Fouillons les jardins !

Il n'y avait rien que des ombres dans les potagers et les vergers. Josselin songea soudain au chemin de ronde.

– Je l'ai dit à monsieur Cartier, j'ai déjà vu Kalui. J'ai une idée.

– Qu'est-ce que vous racontez ?

Le jeune homme lui expliqua tout.

– Pour une raison que j'ignore, Kalui est allé plusieurs fois sur les remparts, toujours au même endroit, du côté de l'anse de Mer-Bonne.

– Même si vous avez raison, il nous faut de l'aide. Je vais au poste de garde prévenir mon père. Il saura quoi faire. Allez voir là-haut. Nous vous y rejoindrons.

Elle s'éloigna et Josselin courut vers l'enceinte, grimpant quatre à quatre l'escalier menant au chemin de ronde. À peine arrivé, la silhouette d'un archer se dressa devant lui.

– Qui va là ? fit une voix qu'il reconnut aussitôt.

– C'est moi, Perrin. C'est Josselin.

Son compagnon abaissa son arc.

– T'as rien vu ou entendu ? demanda le fils Trehel.

– Non. Pourquoi ?

Josselin se contenta de hausser les épaules.

– Pour rien.

Josselin s'éloigna. Il voulait retourner à l'endroit où il avait vu l'Indien la première fois.

Le vent soufflait en courtes bourrasques, la mer se hérissait d'écume et, d'un coup, alors qu'il allait faire demi-tour, il aperçut une silhouette éclairée par la lune.

Kalui.

31

Josselin s'approcha sans bruit. En vain.

Kalui s'était retourné et lui faisait face. Il resta muet, saisi.

Son Indien était une Indienne. Kalui était une jeune fille de son âge, vêtue d'une chemise de toile dissimulant mal ses longues jambes et ses pieds nus.

Elle respirait lentement, tendue, prête à fuir.

De longs cheveux noirs encadraient son visage mince aux pommettes hautes. L'étrangère était belle, d'une beauté qui le fascina aussitôt. À son cou pendait la lune de corne d'Itaminda et à un long cordon de cuir, une pierre d'un vert profond comme la couleur de ses yeux.

— Mon nom est Josselin, fit-il doucement. Je ne vous veux pas de mal. Vous me comprenez ?

Elle recula d'un pas, puis s'immobilisa.

— Je ne vous veux pas de mal, insista Josselin, levant ses paumes ouvertes. Vous êtes Kalui, n'est-ce pas ? La sœur d'Itaminda.

Au nom de son frère, un frisson parcourut la jeune fille.

Josselin essaya d'imaginer ce qu'elle ressentait sans y parvenir. Sa solitude, sa détresse… Elle était si loin des siens et de son pays. L'archer ne pouvait croire qu'elle soit venue de son plein gré. Qu'elle ait suivi Cartier et ses hommes sans se poser de questions. Il la dévisageait. Elle s'était redressée, droite et fière.

– Il faut que vous reveniez avec moi chez Cartier, ajouta-t-il doucement. Vous y êtes en sécurité. Vous me comprenez, Kalui ? Est-ce que vous parlez notre langue ?

Tout en disant cela, il se rappela les mots d'Anne qui se désespérait de ne pouvoir échanger avec elle. Il toucha son torse.

– Je suis Josselin.

Puis il fit l'erreur de lui tendre la main. Trop brusquement, sans doute.

L'être farouche qu'elle était recula d'un bond. Il aurait dû prendre davantage de temps pour l'apprivoiser mais une sorte d'urgence l'habitait. D'inquiétude, aussi.

Elle sauta sur le parapet et y marcha un moment en équilibre, les bras lui servant de balancier, cherchant une issue sans cesser de le surveiller.

– Kalui, revenez ! Vous allez tomber ! N'ayez pas peur de moi. Je vous en prie. Je ne vous veux pas de mal.

Mais avant qu'il ait pu esquisser un geste, elle s'était jetée dans le vide. Horrifié, il se précipita vers le muret. Elle avait atterri dans l'escalier et s'était

183

redressée avec une souplesse de chat. Elle dévalait déjà les marches quatre à quatre.

Josselin jura et se lança à sa poursuite.

La sonnerie rauque des trompes retentit à cet instant, bientôt reprise de loin en loin par les guetteurs. Jago avait donné l'alerte. Josselin entendit Perrin qui l'appelait mais il ne répondit pas. Kalui le distançait... Il accéléra.

Soudain, deux marins surgirent d'une venelle et se jetèrent sur l'Indienne qui se débattait, essayant de griffer et de mordre. L'un des hommes l'assomma, l'autre la jeta comme un sac sur son épaule et ils disparurent aussi vite qu'ils avaient surgi. Josselin courut jusqu'à l'angle de la rue. Sans même regarder, il se précipita dans l'étroit passage.

Ce fut comme si un tas de briques lui tombait sur la tête...

Tout devint noir.

32

Quand Josselin reprit connaissance, il avait un terrible mal de crâne. Il gémit, essaya de se redresser. Les visages inquiets de Perrin et de Jago flottaient au-dessus de lui. Enfin, il se retrouva sur ses pieds, soutenu par son ami. Il vacillait.

– Ça va ? demanda son maître.

Il hocha la tête.

– Tu courais comme si t'avais le diable aux trousses ! ajouta Perrin.

– Où est Kalui ? demanda Jago.

– Deux marins… Enlevée, bafouilla le fils Trehel.

Quelques instants plus tard, alors que l'alerte continuait à résonner, ils rejoignirent la maison des Cartier. Perrin resta dehors pour monter la garde et, les jambes encore molles, Josselin passa le seuil. Il était à peine à l'intérieur qu'Anne se précipita.

– Mon Dieu ! Mais vous êtes blessé, Josselin !

C'était la première fois qu'elle s'inquiétait pour lui. Elle glissa son bras sous le sien et l'aida à s'asseoir. Elle le regardait différemment et il en fut si troublé qu'il en oublia son mal de tête et le liquide tiède qui coulait sur son visage. Il s'essuya d'un revers de main, étonné de voir ses doigts couverts de sang.

– Laissez-moi faire, voulez-vous? fit Anne en allant chercher un verre de vin coupé d'eau. Buvez cela. Vous êtes glacé, cela va vous réchauffer.

Le jeune homme obéit, puis revint à la réalité : il s'était fait avoir comme un gamin.

– Si j'avais su, je serais resté avec vous, ajouta la fille de Jago tout en soulevant délicatement ses cheveux. Ils auraient pu vous tuer! Il faudrait peut-être que le barbier-chirurgien vous recouse.

Josselin fit non de la tête. Elle disparut quelques instants puis revint, posant un linge humide et froid sur la plaie. Cela le soulagea mais ne lui ôta pas la nausée qui le tenaillait.

Cartier, qui discutait avec Jago, s'approcha.

– Puisque tu as vu Kalui, autant que tu comprennes ce qu'elle représente pour moi. Itaminda et elle sont les enfants d'un grand chef indien. Un ami, autant que ces gens étranges puissent l'être. Grâce à la connaissance du pays que possédait son frère et que possède aussi Kalui, je peux découvrir les routes qui mènent à des trésors plus fabuleux que ceux de Cortez. Tu as vu la pierre qu'elle porte au cou comme si c'était un vulgaire caillou?

– Oui, souffla-t-il.

– C'est une émeraude brute. Nul n'en a de pareil, même pas notre roi. Te rends-tu compte que, grâce à

186

elle, je rapporterai à la cour des pierres précieuses, de l'or et du bois de braise ?

Sa voix enfla sur ces derniers mots. Josselin le regardait, incrédule. Il lui parlait de trésors alors que la jeune Indienne était en danger.

– Il faut la retrouver, ajouta le capitaine. Reconnaîtrais-tu les marins qui l'ont enlevée ?

– Peut-être, fit Josselin avant de poser les questions qui le taraudaient. Pourquoi ces deux Indiens ont-ils accepté de vous suivre jusqu'ici ? Pourquoi avoir quitté leur père et ce pays où ils étaient des princes ?

Le capitaine esquissa un mouvement d'impatience, puis se ravisa.

– On m'a toujours dit que les archers étaient curieux et indisciplinés, mais toi...

Il n'acheva pas sa phrase. Le capitaine Cendres venait d'entrer. Cartier l'entraîna avec Jago à l'autre bout de la pièce.

Josselin réfléchissait, de plus en plus convaincu que le navigateur avait enlevé Kalui et son frère. Seulement quelqu'un d'autre voulait aussi mettre la main sur la princesse indienne, certainement pour les mêmes raisons que Cartier : s'emparer de l'or et des joyaux.

Les trois hommes s'entretinrent un moment puis revinrent vers l'archer.

– Le capitaine a un ennemi ici que nous devons trouver, fit Cendres. Il paraît que tu as vu des marins surveiller cette maison ?

– Oui, capitaine.

– Et ce sont aussi des marins qui ont enlevé cette jeune fille ?

– Oui.

Cendres se redressa. Ses traits étaient durcis par la colère.

– Aucun navire ne lèvera l'ancre sans mon autorisation et sans que nous l'ayons fouillé au préalable. En attendant, nous allons quadriller la ville. Il ne sera pas dit qu'on puisse impunément tuer et enlever dans Saint-Malo !

33

Le jour s'était levé depuis longtemps mais le ciel restait d'un noir d'encre et une pluie diluvienne tombait sur les toits. De loin en loin, les cloches continuaient à sonner l'alerte et les canons restaient pointés vers les navires. Portes et poternes étaient gardées par des arquebusiers qui faisaient les cent pas. Sur le haut des tours, les couleuvrines étaient prêtes à faire feu. Les canonniers entretenaient, non sans mal, les braises permettant d'enflammer les boutefeux.

Afin de préserver les empennages de l'humidité, les archers avaient glissé leur carquois sous leur cape. Pour eux, l'heure de la relève approchait. Le capitaine Cendres qui, en ce jour pluvieux, avait davantage confiance en leur efficacité qu'en celle des arquebusiers, avait ordonné qu'ils patrouillent jusqu'à tierce.

Josselin et ses compagnons avaient parcouru la ville en tous sens sans trouver le moindre indice susceptible de les guider vers l'Indienne.

La tempête approchait.

Partout dans la ville, on fermait les volets et on décrochait les enseignes. Les Malouins savaient que le coup de vent qui arrivait serait d'une rare violence. L'écume qui courait sur la crête des vagues volait au-dessus des maisons et bientôt, à marée haute, des paquets d'eau de mer passeraient au-dessus des remparts.

Les archers, que la fatigue gagnait, erraient dans les ruelles, fouillant places et venelles, explorant jardins et cours. Une pluie mêlée d'embruns salés leur fouettait le visage. Leurs vêtements étaient trempés. L'eau ruisselait sur les pavés, jaillissait en cascades des gargouilles de la cathédrale. Le vent qui soufflait en rafales dispersait le son des cloches qui marquait l'heure de la relève.

En entendant le signal, les jeunes gens, hébétés de fatigue, se regardèrent avant de se décider à regagner leur poste près de la Grand-Porte. Ils luttaient pour avancer contre le vent qui s'engouffrait dans la rue de la Blatterie. Josselin, qui fermait la marche, s'arrêta soudain, en proie à une idée. Il regarda la patrouille s'éloigner, trop épuisé pour saluer ses camarades qui continuèrent leur chemin en tenant leurs capuchons. Aucun d'entre eux ne s'aperçut qu'il les avait quittés.

C'est Perrin, le premier, qui constata la disparition de son ami. Les archers, éreintés, arrivaient au
poste de garde. Ils s'étaient battus contre le vent pour
ouvrir la porte et, enfin, s'étaient précipités à l'intérieur, heureux de se retrouver à l'abri des larges murs.

Perrin regarda autour de lui puis il s'approcha de
Guillaume qui s'était assis pour ôter ses bottes.

– T'as pas vu Josselin ?

– Ben non, fit le Sanglier. Pourquoi ? Il est pas là ?

– Non, il fermait la marche mais quand on est
arrivés, je me suis retourné et il était plus là.

Guillaume secoua la tête. Il n'avait plus qu'une
envie, dormir. Même manger lui paraissait épuisant.

– Il est peut-être retourné à l'auberge ? souffla-t-il.

– Pourquoi il aurait fait ça ?

– De quoi parlez-vous tous les deux ? fit la voix
calme de Jago.

– De Josselin, maître. Il était derrière moi et puis,
d'un coup, je me suis aperçu qu'il avait disparu. Guillaume dit qu'il s'est peut-être rendu au Lion Vert.

Les traits de Jago se durcirent.

– Reposez-vous et mangez, il y a ce qu'il faut dans le garde-manger.

Les vêtements fumaient sur les bancs. Quelques archers s'étaient déjà effondrés sur leur paillasse.

Le maître de l'arc sortit, claquant la porte derrière lui.

Perrin regarda Guillaume qui haussa ses larges épaules. L'eau de ses vêtements dégoulinait sur le dallage, formant une flaque.

– Tu crois qu'il lui est arrivé quelque chose ? demanda enfin Perrin.

Un ronflement lui répondit : Guillaume s'était endormi sur le banc, la tête sur la poitrine, la bouche ouverte.

35

La porte du Lion Vert s'ouvrit et le vent s'engouffra dans la salle qu'un feu et quelques chandelles sortaient difficilement de l'obscurité. Les volets, que de furieuses rafales secouaient, étaient maintenus fermés par des barres de bois. L'enseigne, un superbe lion vert en tôle forgée, avait été décrochée et pendait au mur au milieu des capes et des mantels qui gouttaient sur le sol de terre battue.

Jago dut lutter pour refermer l'huis. À son entrée, le brouhaha des discussions devint un murmure. Jehan, qui s'occupait des cuissons, l'interpella :

– Pourquoi t'es là, Colin Jago ?

– Je viens voir ton fils. Il n'est pas rentré au poste avec les autres.

– L'est pas ici. Je l'ai point vu depuis hier. Armel, t'as vu Josselin, toi ? demanda l'aubergiste en se tournant vers son ami qui tirait du vin au tonneau.

– Non. Pourquoi ? Y a un problème ?

– Il devait rejoindre le poste à tierce, sexte va bientôt sonner et il n'est toujours pas revenu, répondit Jago. Pour bien d'autres, je ne me serais pas déplacé mais lui n'est jamais en retard. Je me suis dit qu'avec les événements de la nuit, il était peut-être chez vous.

— Je te dis que non, Jago.

Le militaire qui sommeillait en Jehan Trehel réapparut.

— Armel, va voir à l'écurie, on ne sait jamais. Vous autres, dehors! ordonna-t-il aux clients qui observaient la scène sans réagir. J'vous ai dit de sortir! Si c'est pas clair, j'vais vous l'expliquer autrement!

Ses ordres étaient brefs et ne souffraient aucun délai. Les clients se levèrent dans un grand remue-ménage de bancs et de tabourets repoussés. Il n'y eut bientôt plus que quelques habitués et Passaro, le jeune charpentier. Jehan se tourna de nouveau vers le maître de l'arc.

— Vaudrait mieux qu'il lui soit rien arrivé alors qu'il était sous tes ordres, Colin Jago!

— Tu ne me fais pas peur, Jehan! Et je tiens à Josselin autant qu'à mes autres gars. Je le retrouverai.

Jago rouvrit la lourde porte qu'il referma en la claquant.

Passaro s'avança alors:

— J'veux vous aider, maître Trehel, déclara-t-il.

Il fut rejoint par les derniers clients.

— Nous aussi, on veut en être! ajouta un vieux marin prenant la parole pour les autres.

Jehan les dévisagea avant de hocher la tête.

— Merci les gars! Allez voir du côté des chantiers et dans le port.

Une bourrasque de vent s'engouffra de nouveau dans l'auberge alors que les hommes sortaient. L'aubergiste se tourna enfin vers Armel qui lui tendit sa cape.

– Il est pas aux écuries.

Ils échangèrent un regard entendu. Armel connaissait son ami. Il savait que plus rien ni personne ne pourrait l'arrêter tant qu'il n'aurait pas retrouvé son fils. Jehan avait toujours eu le tempérament d'un taureau. Un tempérament qui allait avec son physique lourd, sa stature plus large que haute.

– Il faut nous armer, ajouta Armel. Passons à l'atelier !

Le détour n'était pas grand et l'aubergiste admit qu'il était plus prudent, étant donné la tournure des événements, de partir avec autre chose qu'un simple coutelas. Il fonça tête baissée vers la rue des Forges. Armel, avec sa patte folle, était déséquilibré par les rafales de vent et le suivait avec difficulté. Il savait que malgré leur amitié, il lui faudrait faire attention aux réactions de celui qui pouvait, avec l'inquiétude qui le rongeait, redevenir la brute qu'il avait été.

Une fois rendu à l'atelier, Jehan s'apaisa pourtant en retrouvant son arc. Il ignorait que son vieux complice l'avait conservé depuis toutes ces années. L'arme avait été entretenue. En la prenant en main, il se remémora chaque marque inscrite dans le bois.

– Tiens, voilà le reste, murmura Armel en lui tendant son gant de tir et son carquois garni d'une botte de flèches neuves.

Leurs cordes installées, leurs épées et carquois ceints, ils étaient prêts à remuer ciel et terre pour retrouver celui qu'ils aimaient tous deux comme un fils.

36

Pendant ce temps, Josselin allait et venait, furieux, humilié, arpentant le cachot dans lequel on l'avait précipité. Il était dans le noir le plus complet et savait que personne ne viendrait le chercher. Aucun des archers n'aurait pu deviner où il s'était rendu. Une fois de plus, il s'était conduit comme un sot. Et le pire de tout, c'est qu'il ne comprenait rien à ce qui lui arrivait.

Il en était là de ses réflexions quand il sentit une présence tout près de lui.

Il n'y avait eu aucun bruit. À peine un frôlement. Un déplacement d'air. La peur l'envahit d'un coup.

– Qui est là ? bredouilla-t-il. Y a quelqu'un ?

Un souffle sur son visage. Il imaginait déjà quelque créature monstrueuse. Un être terrifiant comme dans ses pires cauchemars !

– Qui est là ? Ventrebleu, parlez !

– Kalui est là, répondit une voix au timbre assourdi.

C'était la première fois qu'il entendait la voix de l'Indienne. Au même instant, des doigts l'effleurèrent.

La jeune fille explorait son visage, passant des sourcils à l'arête de son nez et à ses lèvres.

— Mais tu parles notre langue, murmura-t-il, troublé.

— Moi apprendre portugais et français pendant voyage bateau avec homme menteur.

— C'est Cartier, l'homme menteur ? Il t'a enlevée, c'est ça ?

— En… levée ?

— Arrachée à ton pays.

Un long silence. Puis à nouveau la voix de Kalui. Son odeur d'épices. La chaleur de son corps proche du sien.

— Oui et non. L'homme menteur nous parler de *Ywy malã ey*.

Il répéta, hésitant, les mots étranges qu'elle venait de prononcer :

— *Ywy malã ey* ? Que veux-tu dire ?

— Il dit : « Ici, c'est *Ywy malã ey*. » Terre sans mal. Itaminda vouloir partir, je grimper dans bateau sans lui savoir moi dedans. Moi pas laisser frère.

— La Terre sans mal ?

— Avant, Tupis immortels, reprit Kalui. Pas besoin chasser, les arbres nourrir nous, les bêtes obéir nous. Tout perdu. Depuis, nous chercher Terre sans mal. Nous tristes.

Josselin se remémora le texte de la Genèse qu'aimait lui lire sa mère quand il était enfant. Dieu, après avoir créé l'homme, l'installa au cœur du jardin d'Éden. Dans ce verger empli de fruits et de fleurs coule un fleuve à quatre bras, pousse l'arbre de vie et aussi celui de la connaissance du bien et du mal.

Les Tupis avaient-ils, comme Adam et Ève, mangé le fruit défendu de l'arbre de la connaissance ?

Ses yeux s'étaient habitués à l'obscurité et il devinait maintenant la silhouette de l'Indienne. Une singulière émotion l'envahit. Il y avait soudain entre eux une histoire commune. Ce pays lointain, ce Brésil qu'il ne connaissait pas, lui devenait plus familier. Quant à l'homme menteur, comme Kalui l'appelait, il avait promis rien de moins que le paradis pour attirer le fils du chef. Sauf que le paradis n'était pas à Saint-Malo et encore moins ici, dans ce cachot !

Un bruit de pas résonna dans le couloir. La porte s'ouvrit et un homme s'encadra sur le seuil. C'était le marin aperçu devant chez les Cartier. Celui auquel il manquait un lobe d'oreille.

– Allez, vous deux ! ordonna-t-il. On sort de là, et vite, si on veut pas tâter de mon coutelas !

37

Les armateurs et les avitailleurs malouins étaient allés en délégation se plaindre au connétable des Granges. Certes, la tempête empêchait les navires de sortir. Certes, il fallait arrêter les criminels, mais l'étroite surveillance des portes ralentissait l'avitaillement des bateaux et leur remise en état. C'était pour ces hommes une perte financière qu'ils n'acceptaient pas.

Le connétable, conscient qu'il ne pourrait s'opposer longtemps aux bourgeois, demanda à Cendres de lever le blocus au plus vite. L'officier accéléra donc les recherches. Plus le temps passait, plus il craignait de retrouver le cadavre de Josselin. Persuadé que les ravisseurs avaient autant intérêt à garder l'Indienne en vie qu'à se débarrasser du gêneur qu'était le jeune archer.

Cendres se remémora les évènements depuis la mort d'Itaminda jusqu'à la disparition du fils Trehel. En remontant ainsi le fil du temps, un visage lui revenait plus que les autres : celui de l'Ours ! Le Normand était partout. De son arrivée à Saint-Malo juste après le bateau de Cartier, de l'apparition de l'Indien à proximité de son navire, à sa présence anormalement prolongée dans le port, en passant par la bagarre dans l'auberge où il avait croisé Josselin !

– Sergent, cria-t-il, tout en ceignant son épée.

– Oui, capitaine !

– Rassemble-moi une trentaine de soldats, nous allons à bord du *Saint-Georges*. Que les gars soient prêts à en découdre, ce n'est pas une visite de courtoisie, ajouta Cendres.

Le vent et la pluie s'étaient calmés. Les nuages s'étaient déchirés par endroits, laissant même apparaître des pans de ciel bleu. Pourtant, les Malouins savaient que le calme serait de courte durée. La tempête ne faisait que reprendre son souffle.

L'arrivée des hommes d'armes en rang par trois sur la grève de Mer-Bonne fit forte impression. Les pêcheurs, que la mer devenue mauvaise empêchait de naviguer, cessèrent de réparer leurs filets.

Progressivement, le bruit des outils des charpentiers qui profitaient de l'accalmie pour travailler sur le bateau normand s'atténua pour laisser place au cliquetis des armes de la troupe qui s'avançait. D'un geste, le capitaine fit s'arrêter ses soldats qui se figèrent en attendant ses ordres.

– Sergent, ordonna Cendres, place une douzaine d'arquebusiers autour du navire. Qu'ils fassent feu sur quiconque tente de s'enfuir.

– Vous avez entendu notre capitaine ? gueula l'offi-

cier. Les quatre premiers rangs, en position. Arquebuses chargées ! Prêts à tirer ! Les autres, montez à
bord et répartissez-vous sur le pont.

L'Ours, qui voyait d'un mauvais œil ces soldats
embarquer d'autorité, se planta en travers de leur
chemin.

– De quel droit osez-vous venir à mon bord sans
mon autorisation ? s'écria-t-il.

– Du droit du connétable de Saint-Malo qui m'a
donné les pleins pouvoirs, lui répondit le capitaine
Cendres, encore sur la grève. Laissez passer mes
hommes !

Le Normand s'écarta à regret avant d'interpeller
Cendres qui grimpait à l'échelle :

– Que me voulez-vous ? Si c'est encore au sujet de
cette foutue bagarre, j'ai largement payé les dégâts !

– Rien à voir, dit l'officier d'une voix calme.

Autour de lui, les rangs des marins normands
s'étaient resserrés. L'air farouche, une main sur leur
coutelas, ils se préparaient à la bagarre.

– Je veux voir tout le navire, y compris les cales.

– Mais elles sont pleines, capitaine, protesta le
capitaine normand.

– Alors, il faudra les vider.

– Depuis quand, à Saint-Malo, on est regardant
sur les marchandises embarquées ?

Le capitaine Cendres savait qu'il trouverait des
colis ou des tonneaux chargés en fraude. Les faibles
taxes portuaires et la tolérance des autorités étaient

d'ailleurs, pour les navires étrangers, un des attraits de Saint-Malo.

— Ce n'est pas votre cargaison qui m'intéresse! rétorqua Cendres.

— Quoi d'autre alors? s'énerva l'Ours. Si on arrêtait de tourner autour du pot? Je ne veux qu'une chose: lever l'ancre dès que cette satanée tempête sera passée. Et je n'ai rien à me reprocher d'autre que de la vaisselle brisée. Vous avez point de temps à perdre et moi non plus. Est-ce que tout ça est pas encore lié à la mort du sauvage?

Cendres, surpris, fixa le Normand.

— Vous pouvez vider mon bateau, renchérit l'Ours, mais moi, à votre place, j'irais plutôt voir du côté du *São João*. Regardez, eux, ils sont prêts à appareiller alors que les charpentiers sont encore à l'œuvre chez moi. Ça donne à réfléchir, non?

Le capitaine de la ville savait que le Normand voulait l'éloigner de son bord mais l'Ours était assez fin pour ne pas jeter un renseignement tel que celui-ci à la légère. Cendres, comme à chaque fois qu'il réfléchissait, tapota machinalement sur la poignée de son épée.

Sur le pont, la tension montait.

Soldats et marins se défiaient du regard. La haine qui les opposait laissait présager un furieux combat. Mais il n'en fut rien. D'un hochement de tête, Cendres prit congé. Il enjambait déjà la lice en donnant de nouveaux ordres:

— Sergent, laisse cinq hommes de garde au pied du *Saint-Georges*. Quant à vous, monsieur, dit-il en s'adressant au Normand, vous êtes consigné à bord avec votre équipage jusqu'à nouvel ordre.

Le capitaine descendait les derniers barreaux lorsqu'il vit un de ses soldats invectiver un jeune homme. En s'approchant, il reconnut le charpentier Passaro.

— Que se passe-t-il ?

— Il faut que je vous parle, capitaine, cria le garçon en esquissant un pas vers lui.

— Bouge pas ! cria le soldat en lui assénant un coup de crosse dans le ventre.

— Suffit ! ordonna le capitaine d'un ton sec. Laisse-le !

Passaro, grimaçant de douleur, s'avança.

— Que me veux-tu ? demanda Cendres. Dépêche-toi, j'ai à faire, insista-t-il en voyant que l'autre hésitait.

— Peut-être bien que ce que j'ai à vous dire concerne votre affaire, mon capitaine.

Cendres le regarda plus attentivement.

— Je t'écoute.

— Vous protégerez mon père ? demanda Passaro. C'est à cause de lui que j'ai fait tout ça.

— Que veux-tu dire ? Parle !

— Promettez-moi de protéger mon père et je dirai tout, capitaine.

— Tu as ma promesse.

– Les malheurs sur le bateau de Cartier, c'était moi ! lança le charpentier. Je ne voulais pas mais ils m'ont dit que si je n'obéissais pas, ils arrangeaient la deuxième jambe de mon père et, si ça suffisait pas, ils continueraient par les bras ou bien lui crèveraient les yeux avant de le tuer.

– Pourquoi m'avouer ça maintenant ? Et qui sont ces gens qui t'ont menacé ?

– Les Portugais du *São João*. J'ai travaillé sur leur bateau, ils ont vu que j'allais sur le *Curieux* et, le soir où j'ramenais mon père du Lion Vert, ils me sont tombés dessus et m'ont dit c'qu'ils voulaient. Mais là, c'en est trop. Tant qu'y avait que de la casse… j'pouvais laisser faire, mais le fils Trehel a disparu, alors j'peux plus me taire…

Le jeune homme restait là, la mine défaite, attendant le verdict de l'officier. Cendres lui tapa sur l'épaule.

– Tu as eu raison de venir me trouver, même si tu aurais mieux fait de venir plus tôt. Suis-moi, je vais voir le capitaine Pancaldo afin de tirer tout cela au clair.

38

L'entrevue avait été rapide. Cendres redescendit de la caravelle portugaise, suivi par Pancaldo et son lieutenant. Passaro suivait, la tête basse. Depuis sa confession, le jeune charpentier n'avait pas quitté le capitaine de ville d'une semelle. Il le croyait seul capable de le gracier, ou du moins de lui épargner un terrible châtiment.

– Dois-je vous ôter vos épées, messieurs ? demanda Cendres en se tournant vers les officiers portugais. Ou bien me donnez-vous votre parole d'honneur de n'en point faire usage et de ne pas tenter de vous enfuir ?

– Vous avez ma parole, capitaine, répondit fièrement Pancaldo.

– Vous resterez à ma disposition au château. Quant à votre équipage, il est consigné à bord. J'ai déjà prévenu le représentant de l'évêque et le connétable. Ce dernier voudra certainement que cette affaire soit jugée dans les plus brefs délais.

Cendres regarda l'officier portugais qui, très droit dans son bel uniforme galonné, n'avait pas bronché.

– Nous tiendrons compte de votre bonne volonté

et des aveux que vous nous avez faits. En attendant, le *São João* restera sous la garde des arquebusiers.

– Fort bien, capitaine Cendres. Je me conformerai à votre demande et mes hommes aussi.

Et, sans un mot de plus, les officiers emboîtèrent le pas aux gardes qui devaient les mener vers la haute ville.

Cendres se tourna alors vers Jago qui avait suivi toute la scène.

– Et maintenant ? fit ce dernier.

– Maintenant que nous savons qui a manigancé cette affaire, il faut trouver l'Indienne et Josselin Trehel. J'ai besoin de vos archers et de tous mes hommes. Nous allons prendre le rat à son terrier.

– Le « rat », comme vous dites, est un homme de ressources. Il nous l'a prouvé. S'il y a bien quelqu'un que nous ne soupçonnions pas, c'est bien lui. Je vais au poste de garde chercher mes archers.

– On se retrouve rue de la Blatterie.

Cendres se tourna vers le charpentier.

– Je n'en ai pas fini avec toi. Tu connaissais l'homme qui est derrière tout ça ?

– Pas vraiment, mon capitaine, répondit Passaro. Même si je l'ai vu avec les Portugais, il n'était pour moi qu'un Malouin comme les autres.

– Il faudra que tu expliques tout cela quand tu seras jugé.

Le jeune homme blêmit.

– Je plaiderai en ta faveur, Passaro, mais il faudra

payer, fit Cendres en se tournant vers ses hommes. Vous autres, en rang par deux !

Quelques instants plus tard, la rue de la Blatterie était barrée par un cordon de soldats, armés d'arquebuses, mais aussi d'épées et de lances. Oubliant leur fatigue, les archers de Jago les avaient rejoints. Derrière les militaires, et malgré les bourrasques glacées qui balayaient la rue, des curieux se rassemblaient.

Sur un geste de Cendres, l'assaut fut donné.

Un gaillard armé d'une hache défonça la porte dont il acheva de faire tomber les morceaux à grands coups de pied. Bientôt, les hommes d'armes entrèrent dans le cabinet de travail où achevaient de se consumer les dernières braises. Il y avait des registres sur la table, un verre de vin rouge empli aux trois quarts, un mantel abandonné sur le dossier d'un fauteuil, mais aucune trace du propriétaire des lieux.

Les hommes d'armes fouillèrent le rez-de-chaussée, grimpèrent jusqu'au grenier. En vain. L'oiseau s'était envolé.

— Y a-t-il une cave ? demanda Cendres en regardant autour de lui.

— Oui, de ce côté, mon capitaine, dit un sergent en soulevant une trappe.

Une torche rougeoyait dans l'obscurité. Les hommes s'engouffrèrent, descendant un escalier de pierre qui les mena à deux longues pièces où s'empilaient quelques tonneaux de vin. Ils allaient remonter quand Perrin, qui examinait le sol de terre battue, appela Jago.

– Maître ! Venez voir !

Jago le rejoignit, levant la torche qu'il tenait à la main. Dans l'angle d'une des caves, la terre avait été remuée et le jeune archer lui désignait une seconde trappe.

– Un deuxième sous-sol ! J'ai entendu parler de ces maisons à plusieurs niveaux de caves mais je ne pensais pas qu'il y en avait dans ce quartier. Va chercher Cendres. Je crois que notre homme a filé de ce côté.

Quelques secondes plus tard, les soldats se glissaient dans l'ouverture, éclairant un deuxième escalier qui les mena à un long couloir bordé d'alcôves où s'empilaient des caisses de marchandises et des sacs de toile.

– Ma foi, le rat a bien berné son monde. Il y a là une fortune que les officiers du roi seront contents de saisir, déclara le capitaine.

Arrivés au bout du couloir, ils remontèrent quelques marches, soulevèrent une nouvelle trappe et se trouvèrent dans d'autres caves emplies, elles aussi, de ballots et de tonneaux.

– Un vrai labyrinthe ! s'exclama Jago.

Enfin, un dernier escalier conduisit les soldats à l'intérieur d'une nouvelle maison. Plus cossue, confortable et richement meublée que tout ce qu'ils avaient vu.

– Mieux que le palais de l'évêque ! On se croirait au château d'Amboise ! s'exclama Cendres en regardant autour de lui. Des tapis d'Orient, des marqueteries, de la vaisselle d'or et d'argent ! Notre homme ne se refuse rien !

Il reposa une aiguière rehaussée de pierreries.

– Il n'y a personne ici, capitaine, fit un sergent qui venait de parcourir l'enfilade des pièces du rez-de-chaussée et le grenier.

Cendres se tourna vers le maître de l'arc.

– C'est vous qui aviez raison, Jago : ce gaillard est plus malin que nous. Il nous a filé entre les doigts. Mais ventrebleu, on l'aura ! Allez, on repart, les gars.

Ils ouvrirent la porte et se retrouvèrent rue de la Poissonnerie.

– Le maraud nous a joué. Mets les scellés et je veux deux gardes devant la porte, rue de la Blatterie aussi.

– Bien mon capitaine, fit le sergent avec un claquement de talons.

39

Quand les hommes de main étaient venus les chercher, Josselin avait vite compris qu'il était inutile de résister. On leur avait lié les mains dans le dos et ils avaient dû courir dans les souterrains pour finalement rejoindre l'air libre près de la poterne de la Blatterie, où les attendait un homme qu'il reconnut aussitôt malgré la capuche qui dissimulait ses traits.

Josselin, sidéré, était resté muet. Et le regard froid que son parrain lui avait lancé n'avait rien pour le rassurer.

Le fils Trehel espérait que Jago ou Cendres retrouveraient leurs traces. Mais plus le temps passait, plus il doutait de les voir apparaître.

Si seulement il avait prévenu ses compagnons archers qu'il allait chez Étienne Deslandes… Mais comment aurait-il pu deviner que le criminel que tous recherchaient était son parrain ? Était-ce la rivalité qui l'opposait depuis toujours à Jacques Cartier qui l'avait poussé à s'allier aux Portugais ? Il se rappela la confidence de l'armateur : quoi qu'il fasse, Cartier l'avait toujours devancé. Surtout quand il avait épousé la fille du connétable des Granges, la belle Catherine qu'il courtisait en vain.

Il découvrait que Deslandes était un homme que le sang versé n'effrayait pas. Bien loin de celui, jovial, qu'il avait connu. Et lui, comme d'habitude, il s'était laissé prendre comme un enfant. C'était à pleurer.

Mais il n'était plus temps d'avoir des regrets. Il fallait agir et sauver Kalui.

Ils s'étaient arrêtés dans la pénombre d'une venelle. Non loin d'eux, des arquebusiers montaient la garde devant la porte menant à la grève. L'un des marins, répondant au nom de Marco, contourna les gardes, silencieux comme un chat. Quant à Deslandes, il traversa la rue, marchant droit vers la poterne de sa paisible allure de notable.

— Qui va là ? fit l'un des gens d'armes, levant son arquebuse.

Josselin voulut crier mais le coutel de Pierre, l'autre homme de main, appuyé sur la gorge de Kalui, l'en dissuada. Là-bas, son parrain parlait au soldat.

— C'est moi, maître Deslandes.

— Ah, oui, monsieur ! fit l'homme en le reconnaissant. Nul ne doit sortir de la ville, ordre du capitaine Cendres.

— Je comprends, je comprends, fit l'armateur en s'approchant de l'homme qui baissa son arme. Mais j'ai un bateau à l'ancre et, avec cette tempête, j'ai peur que l'amarrage ne soit pas suffisant.

Un rapide mouvement attira l'attention de

Josselin. Marco avait surgi de l'ombre derrière l'autre arquebusier dont la vigilance s'était relâchée. Le marin se dressa, la lame pointée. Le fils Trehel serra les poings, furieux de son impuissance.

– Désolé, monsieur Deslandes, vous ne pouvez pas sortir, il faut rentrer chez vo…

Le garde n'acheva pas sa phrase. Le mouvement avait été si rapide que Josselin ne l'avait pas vu. Son parrain, d'un coup de poignard, avait ôté la vie à l'homme qui tomba à genoux, une grimace sur le visage, avant de s'écrouler face contre terre. Son collègue avait subi le même sort, tué par Marco qui essuya sa lame sur sa manche.

– Ils auraient dû nous laisser passer, ces marauds ! grommela l'armateur. Allez, on ne traîne pas, Florin nous attend au canot.

Josselin avait suivi la scène. Incapable de faire le lien entre cet homme qu'il connaissait depuis l'enfance et le monstre froid, l'assassin, qu'il avait sous les yeux. Il n'eut pas le temps de réfléchir plus avant. Poussé brutalement, il avança.

– Marche ! grogna le marin en lui piquant les côtes de la pointe de son coutel.

Une fois sur la grève, Josselin trébucha et se redressa.

Devant lui, Kalui, pieds nus, avançait de sa démarche souple, le visage fier. Elle était d'une beauté sauvage qui éveillait en lui des sentiments inconnus. Avec elle, il se rêvait en héros. En sauveur. Il voulait qu'elle le regarde autrement que comme un adversaire. Il voulait… Il n'osa s'avouer ce qu'il voulait vraiment.

– Avance, mon gars ! fit Pierre en le saisissant par le coude.

Sur la grève, un marin tirait un lourd canot vers la mer, sans doute ce Florin dont son parrain avait prononcé le nom. Le ciel et la mer avaient des couleurs de fin du monde. Les navires à l'attache tiraient sur leurs amarres, de hautes vagues grises se levaient avant de s'écraser sur les récifs. La tempête serait bientôt là.

Il tourna son regard vers Kalui qui semblait indifférente à la fureur des éléments.

– Asseyez-vous là et ne bougez plus ! ordonna Pierre, qui alla prêter main-forte à ses camarades.

Les quatre hommes s'arc-boutèrent et bientôt l'eau glissa sous l'étrave du canot.

– Jette l'Indienne à bord, ordonna Deslandes.

C'était maintenant ou jamais.

– Cours, Kalui, sauve-toi ! hurla Josselin en donnant un furieux coup de tête dans l'estomac de Marco.

Du coin de l'œil, alors qu'il pesait de tout son poids sur son adversaire qui hurlait de rage, Josselin eut le temps de voir l'Indienne qui filait sur la grève.

– Qu'est-ce que tu attends, toi ? gueula l'armateur en se tournant vers Pierre. Rattrape-la !

L'homme de main s'élança. Josselin n'eut pas le temps d'en voir davantage, Marco l'avait envoyé bouler. Il essaya de se remettre sur ses jambes mais l'autre le saisit par le col, le visage déformé par la rage.

– Qu'est-ce que je fais de celui-là ? gronda-t-il.

Deslandes répondit d'un geste éloquent. Le marin sortit son couteau… et s'effondra soudain avec un gémissement de douleur.

Une longue flèche le traversait de part en part.

Josselin allait s'enfuir, mais son parrain fut le plus rapide. Il l'empoigna par le bras et le plaqua contre son torse comme un bouclier.

– Bouge pas, mon filleul ! On recule, doucement.

Une plainte derrière lui fit comprendre à Josselin que Florin aussi avait été touché.

Le jeune homme essayait en vain d'apercevoir le tireur quand un sifflement familier l'avertit. Il se tassa sur lui-même. La flèche transperça l'épaule de son parrain. Un coup d'une incroyable précision. L'étreinte de Deslandes se relâcha, il tomba en arrière.

Le garçon reprit son souffle. Là-bas, Kalui courait toujours, poursuivie par Pierre qui se figea en voyant des soldats sortir par la Grand-Porte. L'homme de main hésitait. Il essaya de faire demi-tour mais il était trop tard, les gardes le rattrapèrent.

Sur les remparts, une silhouette que Josselin reconnut aussitôt se dressa. Celle de Jehan Trehel, son père, qui leva son longbow en signe de victoire.

40

Jago trancha les liens de Josselin et ceux de l'Indienne qui se précipita sur Pierre avant que quiconque ait pu l'en empêcher. Elle griffa le prisonnier au visage puis le mordit si sauvagement au cou qu'il poussa un hurlement de douleur. Un soldat saisit Kalui, la faisant reculer. Elle cracha par terre puis se détourna et son regard croisa celui de Josselin.

– *Sche innamme pepike ae*, murmura-t-elle à son intention.

– Que veux-tu dire ?

– Itaminda content. Lui bientôt mourir, fit-elle en désignant le marin. Je l'ai tué.

Kalui voulait-elle dire qu'elle avait vengé son frère ou bien y avait-il dans son geste quelque sauvage rituel qui lui échappait ? Il regarda les corps qui gisaient sur la grève. L'eau continuait à monter, encerclant son parrain qui gémissait en se vidant de son sang.

Un soldat posa une cape sur les épaules de la jeune fille qui prit les mains de Josselin dans les siennes et les serra un long moment avant de suivre l'homme d'armes qui l'entraînait vers la poterne. Troublé par ce contact, le jeune homme frissonna malgré lui. Kalui était si différente des autres filles. À la fois sauvage et sensuelle, elle éveillait en lui des sensations inconnues jusqu'alors. Il avait l'impression qu'avec elle, tout était à la fois plus facile et plus complexe. Plus facile, car elle n'avait pas les mêmes règles que les filles de Saint-Malo, plus complexe car il ne savait rien d'elle ni de son peuple… Il se secoua, repoussant les pensées qui l'agitaient.

Quelques instants plus tard, Armel Gandon et Jehan Trehel le rejoignirent.

Josselin tomba dans leurs bras puis recula pour mieux contempler Jehan. C'était un autre homme qui se tenait devant lui. Son père vêtu en archer. Son père qui venait de lui sauver la vie… C'était aussi invraisemblable que la métamorphose de son parrain en assassin.

– Ça va, Josselin Trehel ? Tu n'es pas blessé ? demanda le capitaine Cendres.

– Non, mon capitaine, répondit le garçon d'une voix ferme. Tout va bien.

– Va rassurer ta mère et rejoins-nous au palais épiscopal avec ton père et Armel. J'ai encore besoin de vous trois.

Armel et Jehan hochèrent la tête. Le capitaine ordonna à ses hommes d'enlever les cadavres.

– Jolis tirs, Jehan Trehel, fit-il ensuite à l'intention du père de Josselin qui le remercia en baissant la tête.

– Apportez la civière et embarquez-moi aussi

celui-là, commanda Cendres en désignant Deslandes. Que le barbier-chirurgien le sauve : je veux qu'il soit conscient quand on énoncera la sentence !

La marée léchait leurs bottes, et tous regagnèrent l'abri de la ville, les poternes se refermant derrière eux. Saint-Malo devenait de nouveau une île et la tempête la frappa avec violence, les lames grimpant à l'assaut des remparts. Les coups de boutoir de la mer faisaient vibrer les pavés sous les pas de Josselin.

Le jeune homme se retrouva bientôt au Lion Vert. Il avait l'impression de flotter. Il se sentait au-delà de la fatigue, de la faim et du froid. Un état singulier qu'il n'avait encore jamais éprouvé.

Pour la première fois de sa vie, sa mère l'embrassa. Ce n'était pas un baiser appuyé bien sûr, à peine un frôlement, pourtant cela le bouleversa. Après tous ces événements, elle paraissait revenue à elle et des larmes de joie coulaient sur ses joues.

– Va te changer, mon fils, ordonna son père, ému lui aussi. Et retrouve-nous en bas, Armel va te réchauffer de la soupe.

Josselin obéit, retrouvant avec plaisir des vêtements propres et secs, et même une nouvelle paire de bottes. Une fois habillé, il descendit lentement les escaliers, regardant autour de lui comme s'il revenait d'une longue absence. Il avait failli mourir mais il était bien vivant, chez lui, et ses parents lui avaient donné plus de preuves d'affection qu'il n'en avait jamais reçu.

Armel lui servit un bol de soupe fumant et lui tailla

une large tranche de pain qu'il couvrit d'un morceau de lard.

Il dévora tout sans reprendre son souffle, puis poussa un profond soupir d'aise.

— Il est temps que tu parles, Jehan, fit Armel en se levant du banc où il s'était assis. Je vous laisse tous les deux.

Josselin aurait voulu qu'il reste, mais son ami, son «presque père», avait déjà refermé la porte menant au jardin.

— Par quoi commencer ? hésita son père après un silence qui parut durer une éternité.

Josselin, ne sachant que dire, se contenta d'attendre.

— La vérité n'est pas facile à dire, mon fils. Et d'avance, sache que ce que je vais te raconter n'est pas ma fierté mais ma honte. Une souillure.

Josselin hocha la tête, mal à l'aise.

— Si tu n'avais pas été en danger, jamais je n'aurais repris mon arc. J'en avais fait le serment devant Dieu et devant Armel. Mais mon vieil ami était plus clair-voyant que moi et il a gardé mon équipement pen-dant toutes ces années…

— Vous m'avez sauvé, mon père.

L'aubergiste ne sembla pas avoir entendu ces der-niers mots. Il reprit, la voix rauque.

— J'ai été franc-archer comme Jago, comme Armel. On en a fait des choses avec Armel, on en a vu… Nous étions jeunes et, quand l'argent est venu à nous manquer, nous avons oublié les serments d'honneur et de fidélité que nous avions faits. Notre chef se nommait Éon Brulé ; c'était plus un routier qu'un franc-archer. Un colosse qui nous effrayait par ses colères et ses accès de cruauté. Avec lui, nous avons commencé à voler les paysans, à ravager les campagnes, à tuer le bétail de ceux qui ne nous craignaient pas assez... Jusqu'à ce que nous arrivions aux abords d'un petit château, non loin de Fougères. Un gentilhomme, le sire du Haut-Plessis, y vivait avec sa fille, Mathilde, et une dizaine de serviteurs.

Jehan se tut. Son visage avait pris une vilaine teinte grise et, quand il reprit son récit, c'était d'une voix aux accents douloureux.

– Ce jour-là, ma vie a basculé. Jusque-là, jamais aucun d'entre nous n'avait tué d'innocents. Après avoir bu plus que de raison, nous avons attaqué le château à la nuit tombée, massacrant serviteurs, femmes et enfants. Le seigneur des lieux était le seul capable de nous affronter et il l'a fait avec une rage désespérée. Seul contre tous. Et nous avons compris pourquoi en voyant la jeune fille effrayée qu'il protégeait.

Josselin, horrifié, ne put s'empêcher de l'interrompre.

– Mais Cartier m'a dit que vous aviez défendu le sire du Haut-Plessis...

– Oui, mais trop tard, il était gravement blessé. Comment te dire ? Quand j'ai vu Mathilde, je ne sais pas ce qui s'est passé en moi...

Il s'arrêta pour reprendre le souffle qui lui manquait.

– Je me suis rangé aux côtés du vieux gentilhomme et Armel a fait de même. Nous étions trois contre vingt, nous nous sommes battus comme des diables. Comment nous nous en sommes sortis ? Je ne sais plus. Éon, furieux, a fait mettre le feu au château, espérant que nous y trouverions la mort. Mais nous avons réussi à nous enfuir. Le gentilhomme s'est éteint dans mes bras, me faisant jurer de ne jamais abandonner Mathilde. Tu as vu ta mère. Malgré toutes ces années, elle reste tourmentée par les souvenirs de cette nuit-là : la mort de sa nourrice, massacrée devant elle, son vieux serviteur égorgé, les gamins… J'ai changé de vie et juré de ne plus jamais toucher un arc. Armel est parti de son côté. Quelques années plus tard, j'ai appris qu'on avait pendu Éon Brulé et les brigands avec lesquels il continuait à ravager le pays.

Le silence retomba entre l'aubergiste et son fils. Josselin aurait voulu aller vers son père, trouver les mots qui, peut-être, atténueraient sa douleur… Au lieu de cela, il resta figé et laissa Jehan, trop ému lui aussi pour rien ajouter, quitter la salle.

Le jeune homme, anéanti, comprenait mieux maintenant les mises en garde d'Armel, la colère de son père quand il avait voulu faire partie de la compagnie de l'Épervier. La peur qui possédait encore sa mère, malgré l'amour des siens.

41

– Holà ! Laissez passer ! ordonna le garde qui précédait Jehan, Armel et Josselin.

L'homme d'armes brandissait un solide gourdin. La foule qui s'était amassée devant l'enceinte du palais épiscopal s'écarta. Les gens observaient, murmuraient. Josselin entendit à plusieurs reprises prononcer le nom de son parrain. La nouvelle avait déjà fait le tour de Saint-Malo : un grand procès allait avoir lieu et, chose rare, l'évêque en visite sur ses terres bretonnes serait présent.

Dans la cour, contenus par des soldats, les Malouins se bousculaient. Soudain, des cris et des injures fusèrent et tout le monde s'écarta devant une patrouille portant des civières. Sur les premières gisaient les cadavres des marins tués par l'aubergiste ; sur la dernière, le corps d'Étienne Deslandes.

L'armateur agonisait, le visage grisâtre, la respiration courte et Josselin ne put s'empêcher, en le voyant ainsi, de se rappeler l'homme qui l'avait choyé, enfant. Ce parent qu'il avait aimé, en qui il avait confiance. Il repensa au petit singe qu'il lui avait offert, à l'arc mongol, à la façon qu'il avait de lui ébouriffer les cheveux en l'appelant « mon filleul ». Son cœur se serra.

– À mort l'assassin ! hurla un jeune gars.

– À mort ! cria une femme tout près de Josselin, crachant au visage du marchand.

Si les soldats ne s'étaient pas interposés, vivants ou morts, les coupables auraient été mis en pièces.

– Suivez-moi ! fit un garde en entraînant Armel et les Trehel à sa suite.

Les portes se refermèrent et, une fois à l'intérieur, ne leur parvint plus qu'un grondement assourdi.

L'entrée du palais était dallée de marbre blanc et noir.

– Messieurs, vos noms ? interrogea un huissier vêtu d'une livrée aux couleurs de l'évêque.

Un serviteur les inscrivit sur un registre avant qu'un autre les annonce d'une voix puissante en ouvrant la double porte.

Josselin écarquilla les yeux, impressionné par le spectacle qu'il découvrait.

Notables malouins, bourgeois et religieux étaient debout de part et d'autre d'une longue allée soulignée par un tapis rouge. La salle était si longue et large que l'on aurait pu y faire un tournoi. Tout au bout, deux chaises vides étaient surplombées par le siège de l'évêque. Josselin s'empourpra, mal à l'aise de voir tant de visages se tourner vers eux.

– Avance ! lui murmura Armel.

Les murs étaient couverts de somptueuses tapisseries d'Orient. Quant aux vitraux qui ornaient les fenêtres, ils portaient les armoiries de l'évêque, d'azur et de gueules chargées d'étoiles d'or. Des lampes à huile se balançaient au plafond, des torchères plantées dans les murs diffusaient une clarté jaunâtre.

– Par ici, messieurs, fit un religieux, leur indiquant où ils devaient se placer.

Sur leur gauche, le capitaine Cendres discutait avec le connétable des Granges. Soudain, le silence se fit.

– Messieurs, inclinez-vous ! tonna l'huissier.

Toutes les têtes se baissèrent et l'évêque s'avança, encadré d'une dizaine de chanoines.

– Monseigneur Denis Briçonnet, évêque de Saint-Malo et de Lodève, abbé de Saint-Paul de Cormery et de Saint-Martin d'Épernay, grand archidiacre de Reims et d'Avignon, doyen de Tarascon, prieur de Coussay, est là !

Raide et digne, le haut dignitaire saluait les notables de brefs mouvements de sa crosse dorée. Il était vêtu d'une chasuble d'un blanc éclatant, brodée de fils d'or fin, sur laquelle était posée une chape de damas dorée, rehaussée de broderies et de perles. Sur sa tête était posée une mitre blanche et or, d'où tombaient deux rubans rouges.

Il prit place dans son siège, fit signe au connétable des Granges et au capitaine de ville de s'asseoir. Le silence retomba. Le religieux prit alors la parole en latin, son vicaire traduisant au fur et à mesure.

– Monsieur le connétable des Granges, monsieur le capitaine Cendres, nobles hommes ici présent, nous, Denis Briçonnet, évêque de Saint-Malo et autres lieux, déclarons ce procès ouvert. Que Dieu nous inspire justice et miséricorde. Béni soit son nom.

– Amen ! répondit l'assistance d'une seule voix.

Josselin fixait, fasciné, les gants blancs de l'évêque et, à sa main droite, l'anneau d'or, insigne de son pouvoir.

Le vicaire général s'était tourné vers le capitaine de ville.

– Monsieur Cendres, monseigneur désire que vous exposiez les faits.

La voix du capitaine de ville fit taire les derniers murmures.

– Bien, monseigneur. Tout a commencé avec le retour du Brésil de monsieur Jacques Cartier…

Josselin n'écoutait plus, il savait tout ou presque. Il s'était passé tant de choses depuis l'arrivée de la caravelle…

– En tout cas, monseigneur, mesdames et messieurs les notables, c'est ce que je croyais avant de regarder plus avant cette affaire.

Josselin ramena son attention vers le capitaine dont la voix puissante résonnait sous la voûte.

– Car ici, reprit Cendres, il est question de haine. Une haine ancienne entre deux hommes puissants, deux hommes ambitieux. J'ai nommé monsieur Jacques Cartier et monsieur Étienne Deslandes. Le premier a toujours devancé l'autre sans prendre conscience de l'adversaire qu'il était en train de se créer. Un adversaire redoutable. Un adversaire déterminé.

Josselin frissonna malgré lui.

— Mais remontons le temps, poursuivit le capitaine. Il y a quelques années, monsieur Deslandes a demandé mademoiselle Catherine des Granges en mariage, et c'est monsieur Cartier qui l'a épousée. Monsieur Deslandes fait le projet d'un comptoir au Brésil, il conclut des alliances avec d'autres armateurs malouins… Et ceux-ci se détournent de lui pour rallier le parti de Jacques Cartier et du comptoir de Port Real. C'en est trop pour monsieur Deslandes qui n'aura de cesse, désormais, d'éliminer son rival. Sabotage du navire de Cartier, assassinats, enlèvements, il n'hésite devant rien.

Le silence retomba. Josselin, fasciné, se tourna vers l'évêque.

Comme un mage, celui-ci était environné de la lumière dorée de ses vêtements. Seuls apparaissaient, sous les plis rigides de sa chasuble, son visage lisse aux yeux d'un bleu froid, ses mains gantées et ses pieds chaussés de blanc.

— Qu'on amène les accusés, conclut le capitaine Cendres.

42

Il y eut des murmures dans la salle quand on aligna les trois civières au pied de l'estrade. Sur les deux premières gisaient les dépouilles ensanglantées des marins, sur l'autre, Étienne Deslandes. Puis les gardes introduisirent Pierre, le marin blessé au visage par Kalui, le Portugais Pancaldo et Passaro dont Josselin ne comprenait pas la présence en ces lieux.

Sur ordre du capitaine, un soldat glissa une sangle sous les aisselles du parrain de Josselin et le redressa de façon à ce que tous puissent le voir. Il était livide et, malgré le pansement qu'on lui avait fait, du sang souillait à nouveau sa chemise. Il ouvrit pourtant les yeux, un filet sanglant coulant de ses lèvres entrouvertes.

– Si vous le permettez, Votre Seigneurie et vous, messire connétable, reprit Cendres en se tournant vers l'évêque, je voudrais faire témoigner le capitaine Cartier.

Cartier, après s'être agenouillé devant Denis Briçonnet, salua son beau-père, le connétable. Il avait grande allure avec son manteau brun à collet de fourrure, son pourpoint violet et ses chausses gris perle. Il parlait lentement, exposa les faits avec clarté et acheva son discours en désignant le fils Trehel.

– C'est grâce à ce jeune archer, Josselin Trehel, que j'ai commencé à soupçonner que quelqu'un cherchait à faire échouer mes projets concernant Port Real. Un projet cher à nombre d'armateurs et amis, ici présents. Pire que tout, l'ennemi s'avéra être l'un d'entre nous. Un Malouin que je connaissais depuis toujours, à qui je serrais la main.

Des murmures s'élevèrent dans la salle. Deslandes râla. Avait-il conscience que tous ces gens étaient là pour le juger ?

Cartier retourna enfin à sa place et, sur un signe de Cendres, le capitaine Pancaldo s'avança à son tour.

– Il faut que vous sachiez, monseigneur, plaida Cendres, que cet officier s'est constitué prisonnier de lui-même et que c'est lui qui a dénoncé monsieur Étienne Deslandes.

L'évêque se pencha vers son vicaire qui hocha la tête.

– Il n'empêche, messieurs, fit ce dernier, que si nous ne craignions pas un incident diplomatique susceptible de déclencher un conflit entre nos deux pays, nous vous ferions pendre haut et court aux vergues de votre navire !

Le vicaire laissa ses paroles résonner avant de poursuivre :

– La sentence de monseigneur est la suivante : puisque la justice des hommes ne peut vous atteindre, nous vous livrons à celle de Dieu ! Vous lèverez l'ancre demain à l'aube !

Un murmure emplit la salle. Tous savaient qu'avec la tempête, c'était folie de prendre la mer. Le capitaine Pancaldo blêmit. Pourtant il se redressa et salua l'évêque puis le connétable.

– Il en sera fait selon vos désirs, monseigneur, messieurs. Puis-je me retirer ?

La main gantée de blanc de l'évêque s'agita. Le capitaine portugais fendit la foule, suivi par ses officiers. Tous s'écartèrent devant eux.

43

Le cœur cognait dans la poitrine de Josselin. Cette assemblée, dont il connaissait pourtant la plupart des membres, lui paraissait étrangère. Cet évêque, d'or et de blanc vêtu, qui donnait ses terribles sentences en latin, le vicaire à la voix si douce, ces bourgeois aux visages impassibles, même Cartier avec son or et ses pierres… Il avait soudain peur pour son père. N'allait-on pas lui reprocher d'avoir abattu de sang-froid un notable ? Jusqu'à présent le droit de minihy de la cité malouine, ce droit d'asile, l'avait protégé, mais maintenant, n'allait-on pas se servir de cette histoire pour lui rappeler les méfaits commis autrefois ?

Un huissier s'approcha.

– C'est à vous, messieurs Jehan et Josselin Trehel.

Josselin jeta un dernier regard vers Armel, qui l'encouragea d'un signe de tête, et emboîta le pas à son père. Il aperçut mademoiselle Anne, Colin Jago et quelques-uns de ses camarades dans l'assistance. Il s'arrêta à quelque distance de l'estrade.

Il sentait le poids du regard de l'évêque, assis dans son fauteuil au-dessus de lui.

– Approchez, leur intima le vicaire.

Alors que Josselin s'inclinait devant monseigneur Briçonnet et devant le connétable, les murmures cessèrent. Seuls le bruit du vent qui sifflait dans les huisseries et celui de la pluie qui heurtait les vitraux troublaient l'étrange silence qui pesait sur l'assistance.

L'évêque regarda Josselin puis s'adressa en latin à son vicaire. Ce dernier se tourna vers le jeune archer.

– Monsieur Cartier et le capitaine Cendres nous ont expliqué que, sans votre courage et votre détermination, nos projets concernant le Brésil auraient été compromis au profit du royaume de Portugal.

– Je n'ai fait que mon devoir, affirma Josselin d'une voix qu'il voulait ferme mais qui lui parut étrangement faible.

Le vicaire se tourna vers son père.

– Quant à vous, monsieur Jehan Trehel, votre passé nous est connu. Même si vos talents d'archer nous ont été utiles, sachez que vous serez banni de cette cité si vous réutilisez votre arc.

– Je fais le serment solennel devant vous, monsieur le connétable et monsieur le capitaine de ville, de ne plus jamais toucher à une arme, fit Jehan en levant la main. Je le jure devant les hommes et devant Dieu !

– Alors, allez en paix, et vous aussi, jeune Josselin ! répondit le vicaire.

La main gantée de blanc s'était levée. L'huissier

appela Passaro à comparaître. Josselin retourna à sa place à côté d'Armel.

— Passaro, fils adoptif de Roberto, charpentier à Saint-Malo, fit le capitaine Cendres, vous êtes accusé d'avoir saboté la caravelle le *Curieux*, appartenant à monsieur Jacques Cartier. Reconnaissez-vous les faits ?

— Oui, capitaine, fit le jeune homme, livide, en baissant la tête.

— Nous savons que vous pensiez sauver la vie de votre père. Connaissant tout cela, le capitaine Cartier vous propose, afin de le dédommager des torts que vous lui avez causés, d'embarquer sans solde sur le *Curieux* qui fera prochainement cap sur le Brésil. Vous pourrez ainsi payer la dette que vous avez contractée envers lui.

Le charpentier tomba à genoux. Ce qui pouvait sembler une punition était pour lui ce qu'il appelait de tous ses vœux depuis toujours : parcourir le monde.

Il ne restait plus qu'à juger Étienne Deslandes et Pierre, le marin survivant. Ce dernier gémissait en se balançant d'avant en arrière. Son visage avait pris une vilaine teinte rouge brique.

Le connétable, l'évêque et le capitaine de ville s'entretenaient de nouveau à voix basse. Enfin, Cendres s'approcha du parrain de Josselin.

– Étienne Deslandes, m'entends-tu ? demanda-t-il. Reconnais-tu les faits qui te sont reprochés ?

Le soldat qui se tenait à côté de la civière donna un coup de coude dans les côtes du blessé. L'armateur ouvrit les yeux mais son regard n'était déjà plus de ce monde. Cendres poursuivit pourtant :

– Vos biens, vos navires et vos maisons seront confisqués. Une part en sera remise au roi, une à monseigneur l'évêque ici présent, le reste allant à notre cité. Vous êtes condamné à être pendu, Étienne Deslandes, et votre corps restera exposé jusqu'à ce que votre tête se détache du tronc !

Le capitaine se tourna ensuite vers le marin qui continuait à se balancer en gémissant.

– La pendaison est une peine trop légère pour vous, Pierre. Vous serez écartelé avant que d'être pendu.

L'homme ne semblait pas avoir conscience de la sentence. Il se grattait le visage où les longues griffures s'étaient enflammées. Josselin remarqua que son cou avait gonflé d'une étrange façon.

Cendres baissa enfin les yeux vers les cadavres qui gisaient à ses pieds sur des civières et leur parla :

– Que vous soyez morts ou non nous importe peu, vous serez pendus aussi. Que les bêtes vous dévorent et vous portent morceau par morceau vers l'enfer !

45

— Monseigneur l'évêque désire faire comparaître la princesse indienne, fit le vicaire en s'adressant à Cendres.

Sur un geste de l'officier, un garde s'éloigna en courant.

Lorsqu'il introduisit Kalui dans la salle, la foule, subjuguée par sa beauté et par son étrangeté, s'écarta en silence.

Elle se déplaçait avec tant de souplesse qu'elle semblait flotter au-dessus du dallage. Elle était vêtue d'une robe dont le bleu pâle faisait ressortir son teint halé, et ses longs cheveux noirs descendaient jusqu'au ruban qui soulignait sa taille.

En la voyant ainsi habillée, on pouvait penser qu'elle avait accepté le sort choisi par ceux qui la maintenaient en captivité ; mais Josselin savait, à son regard fier, à ses pieds nus, qu'il n'en était rien.

Monseigneur Briçonnet s'adressa à elle en français. C'était la première fois depuis le début du procès qu'il prenait la parole autrement qu'en latin.

— Me comprenez-vous, mon enfant ? demanda-t-il.

Kalui hocha la tête.

– J'ai appris le sort de votre frère, et vous l'avez compris, les coupables seront châtiés. Notre désir le plus cher est que votre père, le grand roi des Tupis, soit satisfait et devienne notre allié.

La noblesse des origines de l'Indienne fit réagir la foule. D'où Josselin se trouvait, il ne voyait que le dos de la jeune fille mais l'imagina sans peine fixant, impassible, l'évêque.

– Comprenez-vous vraiment notre langue, mademoiselle ? demanda le connétable des Granges.

– Ennemi des Tupis tous mourir ! déclara l'Indienne en guise de réponse.

Elle désigna Pierre, le marin, qui s'agitait de plus en plus et qu'un soldat essayait en vain de calmer. L'homme râla et s'effondra d'un coup. La foule recula. Il y eut des cris. Même l'évêque se raidit. Le garde se pencha sur le marin.

– Il est mort, mon capitaine, fit-il en s'adressant à Cendres.

Josselin entendit prononcer le mot « sorcière ». Des gens refluèrent vers la sortie. L'évêque leva la main.

– Dieu en a voulu ainsi, asséna-t-il d'une voix forte.

Le silence qui suivit cette annonce fut rompu par la voix de l'Indienne :

– Maintenant, mon frère, Itaminda, libre rejoindre Terre sans mal, déclara-t-elle, articulant chaque mot.

– Que voulez-vous dire ? fit l'évêque.

236

— Je parler à lui-là, dit-elle en se tournant vers Josselin. Lui comprendre moi.

— Approchez, Josselin Trehel, fit le vicaire, et demandez à la princesse d'expliquer ses paroles. Et qu'elle n'oublie pas que monseigneur est un prince de l'Église. Elle lui doit le respect.

Josselin alla se ranger à côté de l'Indienne.

— Que veux-tu répondre, Kalui ? murmura le fils Trehel.

— Moi comprendre eux intéressés or et pierres précieuses. Moi voir ici pauvres hommes et hommes gras, ça pas être au pays tupi. Hommes tous manger à leur faim. Moi vouloir retourner mon pays. Toi dire mes paroles à homme en or.

Josselin répéta et vit une ombre passer sur le visage lisse du religieux qui s'entretint avec son vicaire. Bientôt, celui-ci reprit la parole.

— Monseigneur remercie la princesse Kalui de sa franchise. Nous allons réfléchir à sa demande. Mais si elle veut retourner dans son pays, il faudra qu'elle nous assure de son soutien auprès du roi, son père. Telles sont les paroles de l'évêque. Messieurs, la séance est levée.

L'évêque se mit debout pour bénir l'assistance.

— Tu as compris ? fit Josselin en se tournant de nouveau vers l'Indienne.

Elle hocha la tête.

— Moi comprendre toujours prisonnière.

Le capitaine Cartier s'approcha.

– Venez ! Il nous faut rentrer maintenant.

Kalui ne bougea pas. Josselin se pencha vers elle et lui souffla :

– Laisse-moi faire, Kalui. Ne me contredis pas. Je ne veux que ta liberté, je t'en fais le serment.

Puis il se tourna vers le navigateur.

– Capitaine, Kalui vous aidera si vous la laissez repartir au Brésil.

– Crois-tu donc que je la retiens prisonnière ?

– Oui, monsieur. Or, Kalui ne vous sera utile que libre et là-bas. Elle parlera à son père en votre faveur.

– C'est ce qu'elle vous a dit ?

– Oui, monsieur, mentit l'archer.

Un mince sourire se dessina alors sur les lèvres de Kalui. Elle avait compris que ces paroles reste-raient gravées dans l'esprit de Cartier et que, dans ce pays, mentir pouvait la servir. Quant à Josselin, il se sentait prêt à bien d'autres mensonges afin qu'on la libère.

– Vous êtes intelligent, jeune Trehel, fit le navi-gateur. Nous nous reverrons. Venez, Kalui.

Il allait passer son bras sous le sien, mais la jeune princesse indienne se dégagea d'un geste vif. Josse-lin les regarda s'éloigner, puis se sentit emporté par le mouvement de la foule qui refluait vers la sortie.

46

Malgré ce qui venait de se passer ou peut-être justement à cause de cela, Colin Jago n'avait pas jugé bon de reculer la date de la dernière épreuve. Il trouvait, et le capitaine Cendres avec lui, qu'une compagnie d'archers s'avérait de plus en plus nécessaire à la protection de la cité et des marchands.

Encore excités par ce qu'ils venaient de voir au palais épiscopal et à la veille de ce qui allait être pour eux le grand jour, les archers avaient peiné à trouver le sommeil.

Jusque fort tard, ses compagnons avaient posé à Josselin maintes questions pour connaître tous les détails. Certains étaient curieux de savoir quels archers avaient été son père et Armel. Percevant son embarras, Louis orienta la discussion vers un sujet qui le troublait mais sur lequel il était censé pouvoir répondre plus aisément : Kalui. Les interrogations des plus âgés le ramenèrent en pensée à la jeune Indienne. À la noblesse qui se dégageait d'elle. Non, ce n'était pas une « barbare » comme certains l'avaient dit. Elle lui semblait plus grande que ces hommes avides de gloire et d'argent. Elle avait en elle une droiture, une pureté qu'il n'avait vues chez aucun d'entre eux. Il finit par s'écrouler sur sa paillasse, ivre de fatigue, et s'endormit d'un coup.

À leur réveil, contrairement aux autres matins, il n'y eut ni chamailleries ni discussions. Les archers ne pensaient plus qu'à ce qui les attendait. Quant à Josselin, il se sentait étrangement serein. Il cirait son arc lorsque Jago entra, accompagné d'une bourrasque humide qui fit s'envoler les plumes d'oie posées sur la table.

— Ramassez-les, ordonna le maître de l'arc. Il n'est plus temps de refaire les empennages, nous partons.

Le fils Trehel roula son arme dans une toile imbibée de cire. Il achevait de nouer sa cape lorsque le maître annonça :

— Nous passerons par le chemin de ronde pour éviter de patauger dans la boue.

En sortant, Josselin fut surpris par la violence de la pluie d'orage et par l'eau, prisonnière des ruelles et des remparts, qui coulait en torrent sous la Grand-Porte.

Au poste de garde de la porte Saint-Thomas, le sergent qui devait les accompagner leur emboîta le pas pour remonter sur la courtine face à l'Islet. Là-haut, les rafales étaient si fortes que Josselin dut s'agripper au parapet pour ne pas perdre l'équilibre. Il regarda vers le large, effrayé par le déchaînement de la tempête. Par endroits, le vent était si puissant qu'il semblait creuser la mer. Les vagues, dont les crêtes étaient soufflées, se dispersaient en une myriade de gouttes qui s'envolaient, fouettant les visages et laissant un goût salé sur les lèvres.

Du côté de l'Islet, les gerbes qui s'élevaient vers le ciel avant de s'écraser sur les rochers trempaient les cadavres qui pendaient aux gibets. Jago et le sergent, également surpris par la fureur du vent qui avait rabattu leur capuche, s'arrêtèrent à côté de Josselin pour les remettre. Le sergent fut obligé de crier afin de se faire entendre par Jago :

– Y avait plus que Deslandes qu'était pas mort. C'était un costaud, avec tout le sang qu'il avait perdu, il paraît qu'il a tout de même bien gigoté quand le nœud lui a serré le col. Pour les autres, le bourreau n'a eu qu'à les hisser.

Le sergent fit une courte pause avant de reprendre :

– Bon, maintenant y a plus qu'à attendre que leurs têtes se détachent et qu'ils se fassent bouffer par les crabes.

À ces mots, Josselin grimaça, la vision des gibets restant dans son esprit jusqu'à ce qu'il franchisse le seuil de la salle d'apparat du vieux château.

C'était la première fois qu'il pénétrait dans cette vaste pièce. Tables et tréteaux avaient été rangés et un mur de paille couvert de cuir était dressé devant la paroi du fond.

L'immense cheminée dans laquelle crépitait un feu, les décors sculptés, les fenêtres aux vitraux jaunes rehaussés de grisaille étaient les derniers restes d'une splendeur passée.

En avançant, Josselin vit qu'ils étaient attendus par le vicaire général, François de Champgirault, le connétable des Granges et le capitaine Cendres. Jago alla les saluer puis leur fit signe de le rejoindre.

Le connétable les salua avec simplicité :

– Que ce jour vous soit bénéfique, messieurs les archers.

D'une seule voix, les jeunes gens lui rendirent son salut.

– Parmi vous, reprit-il, seuls les dix meilleurs resteront. Si vous êtes là aujourd'hui, c'est que maître Jago vous juge tous dignes de faire partie de la compagnie de l'Épervier. Quoi qu'il arrive, soyez fiers de ce que vous avez déjà accompli.

Il se tourna vers Jago.

– À vous, maître.

Après la bénédiction du vicaire, alors que Josselin préparait son arme, il vit Jago qui disposait devant le mur de paille un chevalet de bois soutenant une planche percée d'un trou de la grosseur d'un poing.

– Archers, je vous salue, déclama-t-il avec solennité.

– Nous vous saluons, maître de l'arc !

– Messieurs, je pense que vous avez compris ce que nous attendons de vous. Un à un, vous prendrez position devant la cheminée.

Les archers se regardèrent afin de savoir lequel

serait le premier lorsque Louis se mit en place pour décocher la première flèche. À sa suite, tous réussirent l'épreuve.

– À ce que je vois, les entraînements et les conseils de Jago ont porté, souffla Cendres au connétable.

Le maître d'armes avait changé la planche, cette fois le trou n'était plus large que de trois doigts.

Guillaume s'imposa pour tirer le premier. Son trait, qui passa dans le cercle sans difficulté, fut si puissant que l'on entendit sa pointe de flèche s'écraser, malgré l'épaisse protection de paille, contre le mur de pierres. Les tirs s'enchaînèrent jusqu'à ce qu'un trait fasse tomber la planche. Cette première élimination impressionna le suivant qui échoua à son tour. Puis ce fut au tour de Josselin dont la flèche passa.

Ils étaient encore treize à départager.

Le nouvel orifice par lequel devaient se glisser les flèches avait encore rétréci.

Personne ne s'avança. Les autres s'observaient encore quand Josselin se décida. Il tira si vite que certains ne s'aperçurent qu'il avait réussi qu'en le voyant rejoindre Jago. À son grand soulagement, Guillaume et Perrin réussirent. Elyot décocha si maladroitement que sa flèche ne toucha même pas la planche.

– Tu es un bon archer et un brave compagnon, lui dit le maître, mais tu as du mal à garder ton calme. C'est mieux ainsi.

Elyot baissa la tête et alla se ranger sur le côté.

Ils étaient encore douze pour les dix places promises.

— Je ne pensais pas que vous seriez si nombreux à réussir un tel exploit. Je suis content de vous. Voilà la dernière planche, ajouta-t-il en glissant son index dans le trou.

Comme la fois précédente, Josselin s'avança pour tirer le premier lorsque Cendres intervint :

— Non, pas toi ! Toi, là-bas, déclara-t-il en désignant Louis.

La déconvenue de Louis fut si grande lorsqu'il fit tomber la planche qu'il se retira tête basse. Puis, les autres échouèrent un à un.

Josselin était le dernier.

Il sentait le poids des regards. S'efforçait de ne plus penser à rien, d'ignorer la fumée qui sortait de la cheminée refoulée par le vent. De ne plus entendre les encouragements de ses compagnons, ni les craquements des huisseries. Il décocha. Un tir rapide et précis.

Quelques mois plus tôt, il aurait hurlé de joie, au lieu de quoi, grâce à l'enseignement de Jago, il resta silencieux. C'est le vicaire qui, après un échange discret avec le connétable des Granges, Cendres et Jago, brisa la tension qui montait.

— À genoux, messieurs les archers.

Les jeunes gens obéirent.

— Vous êtes douze à nous avoir démontré que vous étiez les meilleurs. Aussi avons-nous décidé que la compagnie de l'Épervier compterait douze archers.

La surprise était si grande que les jeunes hommes se regardèrent, hébétés et ravis par cette nouvelle.

— Je vous demanderais maintenant, messieurs, de prêter serment, ajouta le connétable.

Un à un, ils prononcèrent les mots que Jago leur avait appris. Lorsque son tour vint, Josselin s'appliqua, malgré l'émotion, à bien articuler.

— Je jure sur la sainte Bible, et devant Dieu qui nous voit, de me comporter en fidèle et loyal archer. Je jure de servir avec bravoure notre duchesse Claude de Bretagne, reine de France, ainsi que son époux, notre roi François, et de défendre contre tout agresseur notre bonne ville de Saint-Malo et ses habitants. Je jure de porter aide et assistance, fût-ce au péril de ma vie, aux autres membres de la compagnie de l'Épervier. Ainsi m'aident Notre-Dame et saint Sébastien, le saint patron des archers.

Un sentiment nouveau s'empara de lui en prononçant ces mots. Il était fier de ses compagnons plus que de lui-même. Fier de leur réussite à tous et du groupe qu'ils avaient su former. Son regard croisa celui de Louis et il sut que son ancien adversaire pensait comme lui. Ils étaient enfin unis.

Jago s'approcha et lui tendit la dernière planche.

— Garde-la en souvenir de ce tir, Josselin Trehel !

Le jeune archer la serra contre lui ; c'était la plus belle récompense qu'il pouvait espérer.

47

En sortant du vieux château, il accompagna ses compagnons vers les Champs-Vauverts où ils laissèrent enfin exploser leur joie, courant, sautant comme des enfants. Guillaume souleva Josselin de terre, Perrin le prit dans ses bras et Louis lui serra la main. Ils criaient malgré le vent qui emportait leurs voix. Puis ils gagnèrent les remparts. Des paquets de mer passaient au-dessus et venaient s'écraser en contrebas. Des nuages, plus noirs que jamais, traversaient un ciel si bas qu'une flèche aurait pu l'atteindre. Au large, les lames se formaient et s'enroulaient contre le vent avant de se précipiter, chargées d'écume, vers les remparts où elles s'écrasaient en mugissant. Les bourrasques étaient si terribles que des pans de toiture s'arrachaient. Une des ailes du moulin Collin, qui avait pourtant essuyé bien des coups de vent, céda.

Perrin donna un coup de coude à Josselin. Il était à un pas de lui et, pourtant, le fils Trehel n'entendait que des syllabes éparses. C'est en suivant son geste qu'il comprit.

Malgré la tourmente, le navire portugais, le *São João*, prenait la mer comme l'avait ordonné la sentence de l'évêque. Le peu de toile qu'il portait lui permettait pourtant d'avancer à une vitesse impressionnante. Les rafales les plus fortes le faisaient gîter dangereusement, une partie du pont disparaissant sous l'eau.

Loin de s'écraser sur les rochers à l'entrée du port, la caravelle changea de bord. Le capitaine Pancaldo et son équipage utilisaient les vagues pour manœuvrer. Ils attendaient qu'une lame frappe plus fortement la poupe pour faire pivoter l'avant du navire dans le creux de la vague suivante.

Josselin ne pouvait s'empêcher d'admirer la bravoure de ces marins et l'habileté de leur capitaine. Ils venaient de réussir à passer les derniers cailloux de l'étroit goulet d'accès au port. Ils filaient maintenant droit vers le large, comme si leur pilote se jouait des récifs qui parsemaient la rade.

En regardant les visages de ses camarades, Josselin comprit que, comme lui, ils étaient soulagés de voir le navire échapper au piège.

Soudain, alors qu'il regardait vers l'île de Cézembre, tout bascula.

Le *São João* essaya de faire demi-tour. Lui qui semblait, il y avait quelques instants, parti pour faire route au large était maintenant ballotté en tous sens, ses voiles d'avant déchirées battant comme des drapeaux. Il revenait trop vite vers la ville et ses écueils. Josselin vit les gabiers s'affairer pour changer la toile. La caravelle heurta l'un des récifs qui encadraient le chenal d'entrée. Les mâts se rompirent sous la violence du choc et les marins grimpés dans la mâture furent les premiers à être projetés vers les abîmes. Le bateau drossé sur les rochers disparut entre deux vagues… et ne réapparut pas.

Le *São João* et son équipage venaient d'être happés par les profondeurs.

Épilogue

Bien des jours avaient passé depuis son entrée dans la compagnie de l'Épervier mais, ce matin, en se réveillant à l'auberge où il avait passé la nuit, Josselin avait le cœur serré.

Le *Curieux* allait lever l'ancre pour le Brésil. Pour ce Port Real qui devait devenir une extension du port malouin. C'est du moins ainsi que le voyaient Cartier et les armateurs qui s'étaient associés à lui. Cartier ne serait pas du voyage mais Kalui, oui. La jeune Indienne rentrait chez elle.

Josselin l'avait revue bien des fois depuis la mort de son parrain.

Il s'était créé entre eux une sorte d'amitié. Elle ne parlait qu'à lui, refusant obstinément de s'adresser à quiconque d'autre. Il avait appris par le navigateur qu'elle était une *pagès*, une sorte de chamane dans son pays, intermédiaire entre le monde des hommes et celui des esprits. Il le croyait volontiers quand il la regardait. Il y avait chez elle quelque chose qui n'était pas de ce monde, mais bien d'un autre.

Jamais personne ne put expliquer la mort de Pierre, le marin qu'elle avait griffé au visage et mordu, pas même le barbier-chirurgien. Quand il en parlait à Kalui, elle se contentait de hocher la tête, une étrange lueur dans ses yeux verts.

Josselin sauta hors du lit et enfila ses braies et ses bottes. Quelques instants plus tard, il était habillé, son arc mongol et ses flèches à la main. Il ne voulait pas rater le départ du navire. Il descendit les escaliers quatre à quatre, salua ses parents au passage et courut d'une traite jusqu'à la tour du moulin Collin. De là, il verrait le *Curieux* lever l'ancre.

Anne Jago apparut à cet instant. Elle avait couru et Josselin se demanda même si elle ne l'avait pas suivi. Elle se plaça à côté de lui, le regard fixé sur la caravelle.

Quant à Josselin, il ne regardait plus maintenant que la petite silhouette qui se tenait debout, très droite, à l'arrière du bateau. Enveloppée d'un long mantel, la lune de corne à son cou, les cheveux au vent, Kalui leva la main et il sut que c'était pour lui dire adieu.

Une autre silhouette surgit, Passaro, le jeune charpentier, qui saluait son père adoptif resté sur la grève.

— Vous voilà bien mélancolique, Josselin Tréhel, remarqua Anne au bout d'un moment. À quoi pensez-vous ?

Il se tourna vers elle. Comment avouer qu'une part

de lui s'en allait à bord de l'élégant navire qui se glissait entre les récifs pour gagner la haute mer ?

Mais Anne était fine. Elle avait dû comprendre car elle effleura le pendentif d'émeraude que l'Indienne lui avait offert la veille.

— Bien des gens envient votre amitié avec Kalui, Josselin Trehel, à commencer par moi. (Elle rougit, ce qui lui allait bien, songea le jeune homme.) Mais ne pensez pas que je sois jalouse, vous vous tromperiez.

— Kalui nous en voulait de nos mensonges, de nos fausses promesses…

— C'est une fille étrange. Savez-vous qu'elle a fini par apprivoiser les dogues de la ville et qu'ils jouaient avec elle comme des chiots ? Et cet épervier qui se posait parfois sur son épaule…

Le bateau avait hissé toute la voilure. Le vent le poussait vers le large. Sa silhouette s'amenuisait à l'horizon et le cœur de Josselin se serra encore.

— Vous aussi, Josselin Trehel, vous n'êtes plus le même. Vous vouliez être le maître de l'arc, vous étiez si fier, si taiseux…

L'archer essaya d'adopter un ton léger.

— C'est l'arc qui m'a changé… Quand j'étais enfant, Armel me disait que sa vibration chassait les démons.

Il prit une flèche dans le sac à ses pieds et l'encocha.

— Que faites-vous ? demanda la jeune femme, dissimulant mal son étonnement.

— On peut juger de la beauté d'un tir par la note

claire de la corde qui résonne sur le bois. Écoutez, Anne !

C'était la première fois qu'il osait l'appeler par son prénom. Il leva l'arc mongol vers le ciel et tira. La flèche partit et son sifflement le réconforta mieux qu'une parole humaine.

Là-bas, la caravelle n'était plus qu'un minuscule point à l'horizon.

Viviane Moore et Stéphane Berland

Les auteurs

Viviane Moore est née en 1960 à Hong Kong, d'un père architecte et d'une mère maître verrier. Elle commence sa carrière à dix-neuf ans comme reporter photographe, puis devient journaliste, avant de se tourner vers la littérature. Auteur de romans policiers historiques traduits en plusieurs langues, scénariste, elle se lance dans la littérature jeunesse avec un premier livre : *Le Seigneur sans visage*, publié aux éditions Flammarion Jeunesse, qui la fait connaître d'un large public. Elle partage son temps entre la Bretagne et la région parisienne ; entre l'aviation, la mer et les terres au nord du monde, Spitzberg, Norvège…
Site de l'auteur : www.vivianemoore.com

Stéphane Berland, attiré très jeune par la mer et la voile, est un Malouin d'adoption fasciné depuis toujours par le Moyen Âge. Pour mieux partager son intérêt grandissant pour cette période et le milieu marin, il devient animateur pédagogique auprès des jeunes et collabore à des actions patrimoniales. Afin d'être au plus près du quotidien de l'époque médiévale, ce charpentier de formation s'essaye à de nombreux métiers des bâtisseurs, à la calligraphie, à l'enluminure, et apprend le tir à l'arc. Il s'est appuyé sur ses passions et ses rencontres pour se lancer en écriture et faire vivre des personnages et des histoires qui lui trottent dans la tête… Elles donneront naissance à son premier livre, *Le Maître de l'arc*.

Pour en savoir plus
sur le monde du *Maître de l'arc*

Pour en savoir plus...
sur le monde du Maître de l'or

L'arc, pour vous, c'est du cinéma ?

Quand vous pensez archer, vous pensez Legolas, l'archer elfe du *Seigneur des Anneaux* ; Robin des Bois ; Mérida, l'impétueuse princesse du *Rebelle* de Disney ; ou bien Katniss Everdeen, l'héroïne de *Hunger Games* ?

L'arc, une arme légendaire
L'arc, c'est tout cela, mais plus encore. Alors, si vous le voulez bien, allons explorer l'univers fascinant des archers, découvrons les arcs, les flèches, mais aussi, partons à l'époque du maître de l'arc. Le début de la Renaissance, qui est le temps des découvreurs de continents, des chasseurs de trésors, des pirates… Cherchons enfin le lien étrange qui unit à cette époque les Normands, les Bretons et… les Indiens du Brésil.

Il n'y a pas un arc mais des arcs…
À la préhistoire, pour chasser le tigre à dents de sabre, attaquer une tribu ennemie ou s'en défendre, il y a d'abord eu la pierre que l'on jette, le bâton, puis les premières armes de jet. Mais il fallait trouver plus puissant. Il fallait aller plus vite, plus loin, plus fort.

L'arc est né et n'a cessé de se transformer en fonction des matériaux, du pays et du savoir-faire des artisans qui les fabriquent, artisans que l'on nomme « facteurs d'arcs ».

En Mongolie, par exemple, on ne trouve pas les mêmes arbres qu'en France ; les animaux dont on utilisera les tendons et la corne n'existent pas chez nous. L'arc mongol sera donc différent et adapté au climat sec de son pays d'origine. Au Japon, au temps des samouraïs, l'arc n'est pas le même que celui des Indiens d'Amérique ou des Bushmen d'Afrique australe.

Grands ou petits, faits pour être utilisés à pied ou à cheval, façonnés avec un seul long morceau de bois, comme le longbow du maître de l'arc, ou bien composite comme l'arc mongol de Josselin, tous sont différents.

Scène de chasse au cerf.

Encore employé au quotidien dans certaines contrées d'Afrique ou de la forêt amazonienne, utilisé avec une approche philosophique au Japon, l'arc a traversé les millénaires. Si le tir à l'arc est aujourd'hui, pour certains d'entre nous, un sport, il est pour d'autres un art.

Les archers et la guerre

L'arc de guerre au Moyen Âge, c'est le longbow, un arc inventé par les archers gallois. Mesurant jusqu'à 2 mètres, fait de préférence en bois d'if, il est à la fois puissant et précis.

On le retrouve pendant la guerre dite de «Cent Ans», qui opposa les rois de France et d'Angleterre. Dès les premiers affrontements, les redoutables archers d'élite anglais font mordre la poussière aux chevaliers français.

La cadence de tir rapide des archers permet d'infliger la mort ou des blessures aux hommes et aux chevaux, désorganisant ainsi la charge des chevaliers.

Malgré les puissantes arbalètes, dont la précision et la force de perforation étaient idéales lors des guerres de siège, le longbow s'impose sur les champs de bataille. Son tir est plus rapide que celui de l'arbalète, et son efficacité à 200 mètres inégalée. La mort et les blessures que les pointes acérées en fer forgé provoquent chez les hommes et les chevaux sèment la panique parmi les troupes, même les mieux entraînées.

Son efficacité est telle que le longbow est adopté par les archers français.

Le matériel d'archerie

Le longbow, dont le nom signifie « grand arc », doit être adapté à la taille et à la force de chaque archer.

Pour effectuer un bon tir, les flèches doivent elles aussi être parfaites.

Fabriquer une « bonne flèche » est beaucoup plus complexe que ce que l'on pourrait imaginer car de nombreux éléments sont à prendre en compte.

Choisir le bois nécessite une grande connaissance de l'archerie et du matériau. Il faut tenir compte de sa résistance, de son poids, de sa rectitude, de sa rigidité. L'empennage en plume d'oie est réalisé en fonction du poids de la pointe en acier forgé.

Autant de facteurs qui montrent que fabriquer une flèche qui correspond à l'arc et à l'archer n'est pas chose simple.

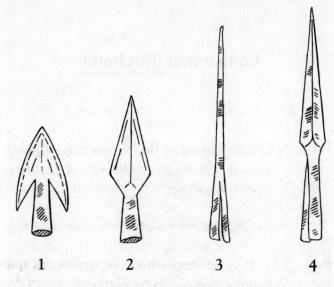

1   **2**   **3**   **4**

Les pointes n° 1 et n° 2 pouvant servir pour la chasse et la guerre sont conçues pour couper et provoquer des saignements.

Les pointes n° 3 et n° 4 sont des pointes conçues pour la guerre, faites pour perforer les armures et pénétrer les cottes de mailles.

La milice des francs-archers

Pendant une grande partie du Moyen Âge, les chevaliers, les bourgeois ou les paysans qui doivent un temps militaire à leur seigneur et les mercenaires constituent les armées.

À la fin de cette période, l'armement devient plus complexe et demande un entraînement rigoureux. Parmi ces armes, le longbow est si performant que les armées sont obligées d'avoir dans leurs rangs des archers professionnels. C'est ce changement d'organisation, déjà anticipé du côté anglais, qui déclenche en Bretagne, puis en France, la création de la milice des francs-archers. Milice qui fera d'ailleurs partie de la garde rapprochée des ducs de Bretagne.

Une fois sélectionnés lors d'une série d'épreuves, les archers bénéficient d'avantages importants, telle l'exemption d'impôts et de taxes, et d'un salaire en cas de guerre.

Les francs-archers se montrent particulièrement efficaces dans les derniers combats de la guerre de Cent Ans mais, par la suite, ils ne brillent plus sur les champs de bataille. Après la lourde défaite dont on les rend responsables lors de la bataille de Guinegatte en 1479, ce corps militaire ne s'est jamais totalement reconstitué.

À l'époque du maître de l'arc, c'est-à-dire au début de la Renaissance, cette milice n'existe plus. Le progrès des arbalètes et surtout de l'artillerie entraîne progressivement la diminution du nombre d'archers. Malgré tout, au début de cette période, le longbow reste une arme de pointe et la création d'une compagnie de tireurs d'élite protégeant la ville et le port marchand de Saint-Malo est tout à fait plausible.

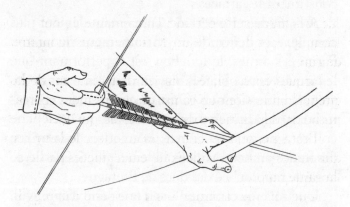

Le demi-gant de cuir couvre les doigts qui tractent la corde. Le brassard du côté de la main qui tient l'arc protège le bras de l'archer des coups de corde et plaque sa manche afin qu'elle ne gêne pas la décoche.

À la découverte du vaste monde

Vous connaissez peut-être Jacques Cartier comme le « découvreur » du Canada. Ce qui est moins connu, ce sont ses débuts.

Jacques Cartier (1491-1557), capitaine de nef
Imaginez tout d'abord Saint-Malo au temps du maître de l'arc.

Jacques est né là, à l'intérieur des remparts de la cité malouine. C'est un gamin qui court sur les grèves, pêche dans le port et tourne autour des navires.

Il est mousse, novice puis matelot sur les navires qui pêchent la morue dans les eaux glacées de l'Atlantique nord.

Pour devenir capitaine – car il est ambitieux –, il étudie la navigation, ses instruments, les cartes...

Il part vers le Brésil, apprend le portugais.

Il devient « maître pilote, capitaine de nef ». À vingt-neuf ans, il épouse une femme qui n'est autre que la fille du connétable de Saint-Malo, damoiselle Catherine des Granges.

Quelques années passent. L'évêque de Saint-Malo parle de lui au roi François Ier.

Un ordre lui est donné: «... découvrir certaines îles et pays où l'on dit qu'il se doit trouver grande quantité d'or et autres riches choses».

Jacques obéit, il a quarante-trois ans.

Il fait trois voyages d'exploration. Croit rapporter de l'or et des diamants à son roi, mais ce ne sont que des pyrites de fer et du quartz.

En revanche, il aura découvert et remonté le fleuve Saint-Laurent, au Canada, dressé la carte du golfe du Saint-Laurent et décrit la vie des Indiens d'Amérique du Nord.

Si vous passez par Saint-Malo, aujourd'hui, n'hésitez pas à aller visiter le manoir de Limoëlou, où Jacques Cartier vivait quand il n'était pas intra-muros, rue de Buhen. Devenu musée Jacques-Cartier depuis 1984, sa visite vous plongera dans une ambiance Renaissance, magnifiquement reconstituée par les passionnés qui s'en occupent.

Pour s'élancer vers l'inconnu, il faut des instruments de navigation

Le bâton de Jacob ou Arbalestrille (sur la photo, c'est la canne en forme de croix posée contre le mur) : il sert à mesurer la latitude (distance en degrés au nord ou au sud de l'équateur). C'est une longue canne à section carrée, taillée dans un bois dur. Sur les différentes faces sont gravés des degrés. En mer, il sert à mesurer la hauteur du soleil, mais aussi celle des planètes et des étoiles. La partie longue est la *flèche*, sur laquelle on enfile des *marteaux* (morceaux de bois de longueurs différentes, percés d'un trou carré). Le plus petit se nomme le *gabet*.

Longue-vue: le premier instrument de vision fut la longue-vue. Plus elle était longue, meilleur était le grossissement.

Le renard (au premier plan posé par terre): cet instrument comprend trois parties: une rose des vents, des chevilles de bois qui servent à marquer le cap du bateau et sa vitesse, et tout en bas, un tableau des vitesses. Toutes les demi-heures, à l'aide des chevilles qu'on enfonçait dans les trous, le renard servait à noter le cap suivi par la nef et sa vitesse. C'est ainsi que le capitaine contrôlait la route estimée de son navire.

Le compas (la boîte sur la table): c'est la boussole du marin. À l'origine, un morceau de pierre d'aimant (ou magnétite) est déposé sur un bout de bois dans une cuvette remplie d'eau. Plus tard, le compas deviendra une aiguille magnétisée reposant sur un pivot à l'abri dans une boîte. Grâce à cet instrument, les marins déterminent le nord vrai ou nord magnétique. En Europe, il n'y a pas de grande différence entre les deux, ce qui n'est pas le cas dans d'autres parties du monde. Les marins se retrouvent donc avec une orientation approximative qu'ils complètent avec la position de l'étoile Polaire. Celle-ci se place à l'est au lever du soleil, au sud du soleil à midi, et enfin, au coucher, elle file vers l'ouest.

Le sablier (il y en a deux sur la photo) : la mesure du temps était effectuée au moyen de fragiles sabliers en verre. À l'origine, ces ampoules (ou « ampoulettes ») comptabilisaient les demi-heures. Le sable qu'il contenait était en réalité de la coquille d'œuf calcinée et broyée. Un mousse était chargé de les retourner au moment précis où le dernier grain de sable s'écoulait, ce qui permettait d'estimer l'heure même la nuit et de rythmer la vie à bord du navire. Le sablier indiquait les changements de quart (fraction de temps pendant laquelle des membres d'équipage sont en service) et intervenait aussi, comme nous allons le voir ci-dessous, dans le calcul des longitudes.

Le loch (c'est le rouleau de corde sur la table) : il servait à mesurer la vitesse du navire. Les marins observent la durée du déplacement d'un simple morceau de bois jeté à l'avant du navire et dont on mesure le temps de passage jusqu'à l'arrière, donc sur une longueur connue.

Ne figurent pas sur la photo, mais étaient tout aussi indispensables pour qui voulait courir les mers :

La sonde : elle servait à mesurer la profondeur. Les sondeurs utilisaient des lignes de 40 brasses, parfois de 100 brasses (162 mètres au maximum), pour vérifier si la hauteur d'eau était suffisante pour le passage du navire. Au bout était fixé un morceau de plomb rempli de suif ou de gras. De l'argile, du sable, du gravier se collaient dessus, permettant aux marins de les examiner pour mieux se situer.

Les cartes ou portulans : objets précieux par excellence, les marins n'hésitaient pas à se les voler tant elles étaient rares. Les premières sont réalisées par les Portugais et les Italiens. Puis les Normands et les Bretons dessineront les leurs. Elles étaient gardées roulées autour d'une baguette de bois et attachées par un lien de cuir.

Et les Indiens dans tout ça ?

Indiens Tupinambas, réputés féroces et anthropophages.

Dès le XVᵉ siècle, les explorateurs espagnols et portugais se partagent ce que l'on appelle le «Nouveau Monde». Des terres lointaines, qui plus tard porteront les noms de Yucatán, Mexique, Pérou, etc. Leurs navires reviennent chargés d'or et d'argent.

Le roi de France, François Ier, aimerait bien, lui aussi, voir les coffres du royaume se remplir et cela sans faire la guerre à ses puissants voisins portugais et espagnols. Il encourage donc ses gens de mer, normands et bretons, à coloniser le Brésil, voire à « détourner » les galions espagnols qui croisent la route des navires français.

Les premiers corsaires apparaissent. L'un d'eux, Jean Fleury, un Normand, réussira à capturer deux galions portant le trésor que Hernán Cortés a volé aux Aztèques. On dit qu'il rapporta à Dieppe « des émeraudes par centaines, des perles grosses comme des noisettes ».

Les « féroces » Tupinambas du Brésil

Au Brésil vivent de puissantes tribus indiennes, qui passent leur temps à se faire la guerre. La férocité, la bravoure et le mépris de la mort de leurs guerriers impressionnent ceux qui les croisent.

L'une de ces tribus, celles des Tupinambas, adversaires farouches des Espagnols et des Portugais, fait alliance avec les Normands et les Bretons avec lesquels ils font du troc.

Des explorateurs français décrivent les animaux fantastiques qui vivent dans les forêts du Brésil ou le long des côtes, comme le paresseux, le toucan ou le poisson-marteau. Ils s'intéressent aussi aux rites pratiqués par les Indiens, à leur religion, au rôle des chamans, au langage. Les Tupis croient à une « Terre sans mal », une sorte de paradis, lieu d'abondance et d'éternité, qui n'est pas sans rappeler celui des Européens.

Les bateaux rapportent vers la France du tabac, du manioc, des ananas, mais aussi le bois brésil, un bois couleur de feu, avec lequel on fabrique des teintures rouges.

Une fête indienne à Rouen

En 1550, le fils de François Ier, Henri II, organise une fête dans sa bonne ville de Rouen. Pour cela, il fait venir du Brésil cinquante Indiens Tupinambas. Une île de la Seine servira de décor. On verra les « sauvages » abattre des arbres, se battre entre eux, chasser, bâtir leurs maisons…

Que sont devenus ensuite ces cinquante Indiens ? Sont-ils rentrés chez eux, là-bas, dans le lointain Brésil ? Ou bien restés en Normandie ? Nul ne le sait.

Crédits photographiques du supplément illustré

Page 258
Le Livre du roi Modus et de la reine Ratio, Chasse au cerf, XIVᵉ siècle. Paris, Bibliothèque nationale de France. Photo © BnF.

Page 261
Chroniques de Jean Froissart, La bataille de Maupertuis (1356), vers 1470-1475. Paris, Bibliothèque nationale de France. Photo © BnF.

Pages 263-264, 266
Dessins du matériel d'archerie. © Stéphane Berland.

Page 269
Salle du manoir Jacques-Cartier de Limoëlou, à Saint-Malo. Photo © Viviane Moore.

Page 273
Indiens Tupinambas observés par Hans Staden lors de son voyage au Brésil en 1552, gravure de Théodore de Bry extraite de *Newe Welt und Americanische Historien*, de Johann Ludwig Gottfried, 1631. Photo © Collection privée / The Stapleton Collection / Bridgeman Images.

Découvrez
d'autres **aventures palpitantes**

———————

dans la collection

LE FANTÔME DE MAÎTRE GUILLEMIN

Évelyne Brisou-Pellen

n° 770

Pour Martin, l'année 1481 va être une année terrible. Il n'a que douze ans et vient d'arriver à l'université de Nantes. Au collège Saint-Jean, où il est hébergé, règne une atmosphère étrange. On raconte que le fantôme de maître Guillemin hante les lieux. Un soir, Martin est jeté dans l'escalier par deux étudiants plus âgés et jaloux. Mais, le lendemain, l'un d'eux est retrouvé assassiné…

ROBIN DES BOIS

Michael Morpurgo

n° 864

Richard Cœur de Lion est parti en croisade et le prince Jean, son frère, assisté par le terrible shérif de Nottingham, règne en tyran sur l'Angleterre. Réfugiée dans la forêt de Sherwood, une bande de hors-la-loi défie leur autorité, dévalisant tous ceux qui se risquent à s'y aventurer. À leur tête se trouve Robin des Bois. Avec l'aide de frère Tuck, Much, Petit Jean et de la fidèle Marion, il s'est engagé, au nom du roi Richard, à rétablir la justice dans le pays.

MADEMOISELLE SCARAMOUCHE

Jean-Michel Payet

n° 1681

1672. À la mort de son père tué en duel sous ses yeux, Zinia Rousselières fait une découverte bouleversante : dans le caveau familial repose déjà un cercueil portant son propre nom. Zinia n'est donc pas celle qu'elle croyait être. Sous le masque de Mlle Scaramouche, des bas-fonds de Paris au faste de Versailles, la jeune fille n'a alors de cesse de percer le mystère de son identité. Mais sans le savoir, elle se trouve au centre d'un complot qui pourrait mettre en péril le roi lui-même…

LES CLIENTS DU BON CHIEN JAUNE

Pierre Mac Orlan

n° 1749

À quels sombres trafics se livrent les clients de l'auberge du Bon Chien Jaune ? Une nuit, le jeune Louis-Marie surprend une conversation entre matelots. Il y est question du *Hollandais-Volant*, ce vaisseau fantôme qui sème la terreur sur les mers. Impossible de résister à l'appel de l'aventure : Louis-Marie embarque aussitôt avec la bande pour une mystérieuse expédition…

Mise en pages : Françoise Pham

Loi no 49-956 du 16 juillet 1949
sur les publications destinées à la jeunesse
ISBN : 978-2-07-511099-0
Numéro d'édition : 339052
Dépôt légal : octobre 2018

Imprimé en Espagne par Novoprint (Barcelone)